Improbablement vôtre

Didier Moity

« Improbablement vôtre »

Petit Ecrit à Tiroirs

© 2024 Didier Moity
Édition : BoD • Books on Demand GmbH, In de Tarpen 42, 22848 Norderstedt (Allemagne)
Impression : Libri Plureos GmbH, Friedensallee 273, 22763 Hamburg (Allemagne)
ISBN: 978-2-3225-3855-3
Dépôt légal : Août 2024

Improbablement vôtre

Avertissements

Le contenu de ce *Petit Ecrit à Tiroirs*[1]n'a pas été généré par de l'**I**ntelligence **A**rtificielle. Il y aurait bien eu une tentative mais le résultat a plongé l'auteur dans un abime de perplexité. Suivre les tribulations d'*Augustin Triboulet*[A] nécessite une suspension volontaire de l'incrédulité, cet exercice mental indispensable on le sait, pour mettre de côté son scepticisme. Or, est-ce vraiment *compatible I.A.*? La question n'est pas tranchée. En revanche on recommandera de régler son *bizaromètre* au niveau maximum de tolérance. Cela devrait suffire avant d'ouvrir chacun des trois tiroirs de cette histoire.

La relation textuelle de l'auteur avec l'individu susnommé est notoire. Elle implique des personnages de diverses nationalités qui s'expriment tous dans la langue dite de Molière. À quelques exceptions prés, que tout un chacun, même s'il n'est pas polyglotte, pourra apprécier à leurs justes valeurs. Les lecteurs et lectrices critiques et pointilleux auront tout loisir pour rétablir les dialogues des protagonistes dans leurs langues d'origine. Ou dans toute autre langue de leur choix d'ailleurs.

Enfin, toute ressemblance avec des événements récents ou pas, des faits réels, de célèbres institutions, voire des personnages existants ou ayant existé, est presque fortuite. Mais avant tout, exempte de toute intention de nuire à quiconque. Il va de soi.

---

[1] *Pour en savoir plus sur Augustin Triboulet et les Petits Ecrits à Tiroir (ou P.E.T.)*
   https://elgrandedidiloco.jimdofree.com

Improbablement vôtre

Sommaire

Tiroir Premier (الأجزاء الأولى)
Mémoire improbable..9
  Les pierres qui roulent...10
  Les Lewis débarquent...31

Second Tiroir (Recitativo accompagnato)
Hasard obligé, douteuse nécessité ?...41
  Un chanteur sur le toit peut en cacher un autre...............42
  Comme un Cercle...54
  Quand on s'en coince une...60
  Y a pas d'âge...70

Tiroir du fond (épilogues, au choix)
Par tous les bouts de la chandelle..83
  La consommation, seule fin et seule raison d'être de toute production ?...84
  Où on en apprend un peu plus sur le gang des rillettes et bien d'autres choses encore..100
  Stabat mater..115

Musiques & Spectacles mentionnés Bibliographie & Illustrations 121

Remerciements..123

Des lieux & des gens...125

Improbablement vôtre

« Plus on vieillit et plus on se persuade que 'Sa sacrée Majesté le Hasard' fait les trois quarts de la besogne de ce misérable univers... »

Frédéric II de Prusse

Tiroir Premier (الأجزاء الأولى)

Mémoire improbable

Improbablement vôtre

Les pierres qui roulent.

Ksar el Kebir, Maroc – 1976

En cette fin d'été d'une année dite *'de la sècheresse'*, on croyait encore à un caprice de la météo, à vite oublier une fois que l'impôt français du même nom serait acquitté par une population échaudée. En revanche dans le royaume du Maroc, parler d'un climat plus chaud que d'habitude n'avait guère de sens, au moment où tout le monde (ou presque) vivait encore la passion de la *'marche verte'* qui s'était déroulée l'année précédente. Il avait s'agit à vrai dire de plusieurs grandes marches *'pacifiques'* qui, parties d'un peu partout au Maroc, avaient conduit une immense foule vers le territoire alors appelé Sahara espagnol ou encore Sahara occidental. La vague humaine avait progressé à travers les régions désertiques du grand sud marocain pour rejoindre le *Sahara dielna (notre Sahara)*. Avec à la clé, la superbe récupération d'un élan patriotique populaire par le pouvoir autoritaire en place. Tout nouvel arrivant au royaume chérifien à cette époque le ressentait immédiatement. La pauvreté restait inchangée de même que le verrouillage de toutes les aspirations à une société plus juste et plus libre, mais le pays baignait désormais dans une fierté nationale euphorisante, à défaut d'être nourricière.

C'est ce que constatent vite deux jeunes gens, Augustin Triboulet et Jack Lewis qui arrivent chacun de leur côté au Maroc. Tous deux ont été nommés professeurs et sont affectés au lycée d'une petite ville du nord du Maroc, *Ksar el Kebir,* qu'ils rejoignent séparément en cette fin d'un été étouffant. Le lycée est installé dans un ancien poste militaire du temps de la colonisation espagnole. *"Y a des symboles comme ça qui ne trompent pas"*, s'était dit Augustin en découvrant les lieux, *"un lycée = une caserne, hum ? »*. Et encore, il ne savait pas que ce lieu avait été le point de départ de l'insurrection Franquiste, quarante ans auparavant. Pas de quoi redorer son blason. Augustin venait de terminer des études scientifiques poursuivies avec peine. Ce jeune Français maigrichon à lunettes, aux cheveux longs, souvent mal fagoté appartenait à une génération qui, dans son ensemble, avait été privilégiée en Europe. Surtout comparé aux générations précédentes confrontées aux pires heures du siècle. Jack Lewis[B], un grand gaillard souriant, toujours plein d'allant, avait un héritage bien plus lourd. Afro-américain, il était né dans un état du sud, la Géorgie. Il y avait vécu la fin des lois ségrégationnistes des années soixante. L'espoir d'un monde meilleur se frottait à la réalité du racisme quotidien, toujours bien ancré dans les mentalités. L'assassinat de Martin Luther King l'avait profondément marqué et il se réfugiait depuis dans sa passion, la musique. Et surtout le cornet.

Les deux jeunes professeurs font brièvement connaissance lors de la réunion de préparation de la rentrée scolaire. Ils n'évoquent pas immédiatement leurs motivations respectives à se retrouver dans cette petite ville qui ne figure dans aucun guide touristique. Le départ récent des dernières familles espagnoles va faire d'eux les seuls nouveaux '*étrangers*' à emménager dans la *medina* depuis longtemps. Sans se concerter, ils ont cherché à s'installer dans la vieille ville. Ils se découvrent voisin au final.

Jack Lewis est volontaire de l'organisation *Peace Corps*[2] et va enseigner l'anglais. Il a rejoint une centaine d'autres jeunes gens de nationalité américaine installés Maroc cette année là. Beaucoup

---

2 *Le Corps de la paix (Peace Corps) est une agence indépendante du gouvernement des États-Unis, créé le 1ᵉʳ mars 1961 par John Fitzgerald Kennedy, dont la mission est de favoriser la paix et l'amitié du monde, en particulier auprès des pays en développement.*

sont venus par idéalisme, d'autres simplement portés par l'envie de prendre le large. Jack a choisi de passer quelques années *'ailleurs'* poussé par un esprit d'aventure teinté de naïveté. Il lui a fallu, comme ses compatriotes, commencer son séjour par l'apprentissage intensif de la langue arabe. Il y a mis beaucoup d'énergie. Son oreille musicale a du aider sans doute. Il n'oublie d'ailleurs pas sa pratique régulière du cornet à piston, une tradition familiale. Jack est tombé dans la musique très jeune et est très fier de son père, trompettiste de Jazz.

Augustin doit enseigner la physique et la chimie. Son affectation à *Ksar el Kebir* est le fruit d'un pur hasard. Le choix de la discipline également. Peu importait laquelle et où on l'enverrait du moment qu'il ne serait pas enfermé dans une caserne en France. Il rejoint quelques milliers d'autres Français résidents au Maroc, qualifiés de *'coopérants'*. On pouvait y rencontrer quelques beaux spécimens installés depuis des lustres, nostalgiques du temps du protectorat, hautains, parfois alcooliques souvent les deux. Ce statut de *'coopérant',* reste peu glorieux aux yeux d'Augustin – lui l'ex-militant anticolonialiste ! - mais lui permet d'échapper au service militaire, alors obligatoire en France.

Les deux nouveaux professeurs s'intègrent vite au groupe des jeunes collègues marocains du lycée. Jack amuse la galerie avec son cornet et Augustin tente de pratiquer le *bendir*[3]. Jack faisant le lien avec les enseignants non francophones car il parle très bien le *Darija*, l'arabe dialectal. Ce qui n'est pas sans intriguer élèves et adultes car peu d'étrangers font l'effort d'apprendre et encore moind de pratiquer la langue locale. De plus, un Américain ! « *Peut être bien un espion ?»* va t'on vite chuchoter dans les ruelles de la médina.

---
3 *instrument à percussion très répandu en Afrique du Nord*

« C'est bizarre ! La CIA n'aurait pas pu envoyer un noir, c'est trop voyant ! ... ». Jack rit amèrement lorsqu'Augustin lui rapporte ce ragot qu'un vendeur du marché lui a soufflé au sujet de son voisin *« Il doit se méfier de lui ! ».* Ils comprennent vite qu'ils entrent dans un autre monde. D'un coté les hommes et les femmes de l'autre, beaucoup d'interdits, à commencer par l'alcool, surtout de manière ostentatoire. Un environnement somme toute assez propice aux frustrations pour les deux jeunes voisins qui se retrouvent souvent le soir chez l'un ou chez l'autre avec des collègues masculins – forcément - du lycée. Heureusement, des projets *'hors piste'* en tout genre leur permettent d'échapper à un quotidien vite devenu monotone. Partir à la recherche d'un cromlech[4] réputé mais introuvable dans la campagne ou filmer en super8 des publicités pour des produits imaginaires. Augustin et Jack s'entendent bien pour trouver une activité ou une sortie *'improbable'*. De préférence, si elle vous marque la mémoire au fer rouge. Leur dernier pari est de faire une randonnée d'une semaine au départ de leur ville. Cela se fera durant les vacances scolaires d'automne. Il s'agira de rejoindre à pied la ville de *Chefchaouen*, un lieu touristique renommé aux portes du *Rif*[5], dont la réputation sulfureuse est en lien avec la culture et la vente du *Kif*[6]. Deux routes sont possibles pour contourner le massif montagneux qui les sépare de *Chefchaouen*. Ils en ont bien sûr choisi une autre, la traversée directe à travers le massif, plein Est, dans le pays *Djeballa*. Les collègues de Jack et Augustin leur expliquent qu'il s'agit d'une région assez pauvre et mal desservie. Les habitants – les *Djeballi* - ne se disent pas berbères, comme leurs voisins *rifains* bien que partageant la même région montagneuse. Et aussi la même éco-

---

4 *Monument mégalithique composé de blocs dressés disposés en cercle*
5 *Région septentrionale bordée par la mer Méditerranée au nord, l'Algérie à l'est, Composé de montagnes et de plaines.*
6 *Mélange de tabac et de chanvre indien, en Afrique du Nord.*

nomie, largement basée sur la culture et le trafic très rémunérateur du kif. Cet itinéraire est certes plus court mais sans véritable tracé[7]. Un argument supplémentaire pour les apprentis aventuriers qui vont peaufiner leurs préparatif jusqu'aux vacances scolaires. Quand à la réputation des *Djeballi* ?... « *On fera avec ...* » ont admis les deux jeunes jeunes gens. En dépit des avis de leurs collègues marocains, restés avares de compliments à l'égard des habitants de cette montagne. Doux euphémisme.

Une marche assez facile leur fait traverser la petite plaine qui entoure leur ville de départ. Les chemins de terre empruntés leur font découvrir une végétation variée où s'affrontent les influences rivales de la Méditerranée, de l'Atlantique et du grand sud. Prairies parsemées de cactus, bois clairsemées d'eucalyptus et espaces plus arides alternent et s'imbriquent parfois. Les deux marcheurs atteignent, au terme d'une longue journée, le pied des montagnes du *Ahl Srif* aux abords du village de *Jahjouka*. L'endroit est peu attrayant, plutôt miséreux. L'ensemble disparate de maisons blanches est néanmoins célèbre pour sa compagnie de musiciens-joueurs de *rhaïta*[8], un instrument à vent à double anche d'origine très ancienne. Jack n'a pas laissé le choix à son compagnon, il fallait qu'il rencontre les joueurs de cet instrument de musique traditionnelle. Sans vouloir en dire plus, il l'a néanmoins prévenu,

« *Le son émis par la rhaïta peut surprendre par sa puissance, à ce que l'on dit ...* ».

Venant d'un trompettiste, l'information a d'abord intrigué Augustin. Leur récente amitié a vite occulté tout inquiétude lorsque son com-

---

7 *Le guide du Routard ne s'était pas encore intéressé à cet itinéraire ...*
8 *Instrument à vent emblématique du patrimoine musical maghrébin qui sert à accompagner diverses manifestations culturelles et spirituelles.*

pagnon a insisté pour faire de ce village leur première étape. Alors qu'ils s'en approchent, ils sont vite entourés par une nuée d'enfants de tous âges. Ils courent et crient à tue tête autour d'eux. Augustin ne saisit pas le sens des cris mais Jack identifie vite une référence à la couleur de sa peau, sans en toucher mot à Augustin. Il préfère marmonner dans un parfait Français dans le texte.

« Mais que diable allons nous faire dans cette galère... » ,une citation fétiche que lui a appris son compagnon de marche. Il se fraie, le premier, un chemin jusqu'aux premières maisons du village. Les enfants se calment un peu à la vue d'un homme assez âgé qui sort d'une maison blanche à l'entrée d'une place toute aussi immaculée. Ils l'atteignent, toujours entourés par quelques enfants téméraires. Un signe amical aux deux marcheurs et un cri menaçant destiné aux enfants met un terme au chahut. Quelques salutations plus loin, Augustin et Jack se retrouvent à l'intérieur de la maison du vieil homme. Jack, pas peu fier, assume son rôle d'interprète et en aparté fait signe à son compagnon de se relaxer un peu. Il est vrai qu'il maîtrise nettement mieux la langue locale qu'Augustin. Les deux *n'srani*[9] sont invités à s'asseoir sur une banquette en bois garnie de couvertures poussiéreuses qui avaient du être multicolores. Encouragé par l'accueil chaleureux, Jack entame alors une longue conversation avec le vieil homme, à peine perturbée par une très jeune fille qui apporte le thé et s'éloigne aussi vite qu'elle est apparue. Augustin ne saisit pas grand-chose de ce qui se dit et arbore un sourire béat. Il ne peut guère en faire plus. La conversation se poursuit, émaillée de petites exclamations dont Augustin, muet, l'air entendu, feint une bonne compréhension à coup de hochements de tête. Régulièrement, l'hôte sert un thé sucré à outrance à ses deux visiteurs, sans s'arrêter de converser. Le visage de Jack s'anime lorsque

---

9 *Étrangers ou chrétiens en darija*

le vieil homme se lève et se dirige vers un coffre en bois sculpté - seul meuble de la pièce - pour y prendre une boite métallique bien cabossée. Il revient s'assoir et la pose sur le plateau en cuivre devant les deux jeunes étrangers très attentifs. Il garde le silence pour laisser Jack résumer les derniers propos échangés. Augustin se sent libéré et ne prétend plus comprendre ce qui se passe. Il écoute avidement.

« Tu ne vas pas me croire Augustin, mais ce monsieur - il s'appelle Pondok^C - me dit qu'il a accueilli un certain Brian Jones ! Comme il le fait avec nous aujourd'hui. Tu te rends compte ! Un des fondateurs des Rolling Stones ! Et il nous invite à venir écouter sa confrérie de joueurs de rhaïta, ce soir! Ceux là mêmes que Brian Jones était venu voir et entendre il y a dix ans, juste avant d'être sorti du groupe ! »

L'émotion envahit les deux passionnés de musiques en tous genres. Et dieu sait qu'ils en avaient emmenées dans leur sac en arrivant à *Ksar el Kebir* ! Celles d'avant leur temps, rock et jazz ! Comme celles faites de toutes les gloires du moment !

Le contenu du coffre est délicatement étalé par Pondok sur le plateau.

« Merde ! Des photos des Stones ! Dédicacées ! »

Il y avait aussi un petit dessin de *Brion Gysin* le peintre qui avait conduit Brian Jones dans cette région pour y écouter les musiques délicates et subtiles des berbères. *'Plus vieilles que l'islam'*[10] ! Et puis une photo, plus récente celle là, d'*Ornette Coleman*, tout juste passé à *Jahjouka*... Jack comprend mieux l'acceuil du vieil homme,

---

10 « *Brian Jones presents The Pipes Of Pan At Joujouka* » *(Full Album) 1968.*

il n'est pas le premier noir trompettiste à passer dans son village. Lui le musicien amateur, sur les pas du *'grand Ornette'*... Il en frémit ! Le *free jazz*, ce n'est pas la tasse de thé de son musicien de père, mais il sera fier de pouvoir lui raconter cette quasi-rencontre à quelques années prés ! Augustin est tout aussi impressionné par les photos en vrac sur le plateau. Il se met à baragouiner quelques mots en arabe que personne ne comprend bien. Dépité, il commence à chantonner un titre fétiche de son groupe favori, « *Sympathy For The Devil* », au grand bonheur de Pondok qui s'esclaffe. Tout sourire, il sort d'une poche enfouie sous sa djellaba un *Sebsi*[11]. Il devient clair que la soirée serait longue et plutôt chargée. Cette petite pipe dont le long tuyau permet de refroidir la fumée est très utilisée pour fumer le kif dans cette région. Les deux jeunes gens ne sont pas vraiment surpris de l'apparition du sebsi, ni d'un petit sac en cuir destiné au kif. Tout juste étonné par la pratique originale du dénommé Pondok. En lieu et place du combustible habituel fait de kif et de tabac réduit en poudre, il se met à confectionner un assemblage plus détonnant. En lieu et place du tabac, Pondok coupe de fines lamelles d'une barre, elle aussi sortie de sa djellaba. Jack et Augustin se regardent incrédules.

« *Hum ! C'est pas du chocolat. Un vrai petit truc nucléaire qu'il nous prépare le collègue !* »

« *Alea jacta est !* Soupire alors Jack, décidément polyglotte.

…

---

11 *Le sebsi est une pipe originaire du Maroc. Elle est confectionnée en bois, de longue taille, très fine avec à une extrémité une petite cuve fourneau en pierre ou en terre cuite 5.5 mm de diamètre, qui permet de consommer (fumer) des mini-portions (25mg.) de kif1 pur (un mélange moitié-moitié de sommités fleuries de cannabis, d'où on retire la résine, et d'un tabac local).* S. Wilipedia

Pondok est certes âgé mais a gardé un physique de colosse, c'est d'ailleurs ce qui a un peu effrayé Augustin et Jack lors de leur arrivée. Lorsque un peu plus tard en soirée, il les invite à l'accompagner, il n'y a pas à tergiverser. Le *sebsi nucléaire* ne laisse pas indemne. Les deux jeunes gens sont de fait ravis et leur attention passablement émoussée. Il s'agit de se rendre à la maison commune de la compagnie des joueurs de Rhaïta. Un intense raffut les accueille à l'approche d'une bâtisse un peu plus grande que les autres maisons. Les esprits sont déjà fort embrumés et l'étrangeté de la scène qu'ils découvrent ne les surprend pas plus que ça. La pénombre règne dans une grande salle sans décoration. Une dizaine d'hommes sont assis en cercle sur des tapis posés sur un sol en terre battue. On distingue à peine les joueurs qui soufflent dans leurs instruments. Les joues sont gonflées, les regards absents. Un son strident emplit la salle et pourtant on finit par distinguer une courte mélodie qui se répète à l'infini. Le Sebsi d'un joueur circule sans que la musique ne s'interrompe. Chacun peut s'offrir une courte pause pendant que les autres musiciens continuent à jouer. Dés l'arrivée du trio, Pondok s'est approché du cercle pour s'y installer, sortant de sa très ample djellaba sa Rhaïta. Augustin et Jack s'installent légèrement à l'écart, à l'arrière du cercle. Assez pour ne pas subir le son des souffleurs en plein visage mais pas trop loin pour bénéficier des bienfaits des pauses et de ce qui les accompagne. L'extase collectif ne tarde pas à prendre possession des lieux. Quelques musiciens qui avaient du commencer tôt dans l'après midi s'éclipsent, d'autres les remplacent. La session ne s'interrompt jamais et va se prolonger tard dans la nuit. Très tard. Si tard que les deux amis se réveillent, de bon matin, encore dans la même salle, au milieu d'une petite assemblée pareillement et passablement hébétée. D'abord surpris, Augustin s'étire puis se penche vers Jack allongé, immobile à ses côtés, les yeux grands ouverts. Il feint de ne pas remarquer l'haleine de chacal de son compagnon, conscient de ses propres effluves.

« *C'est vrai qu'ils sont plus calmes maintenant, mais je me demande bien comment on a pu dormir ici. Enfin, si quand même, j'en ai une vague idée...* »

« *On comprend que la maison de la confrérie soit à l'écart du village avec le tapage que faisait cette bande de joyeux drilles !* »

Les musiciens commencent eux aussi à s'ébrouer les uns après les autres et quittent la salle en silence, sans vraiment remarquer la présence des deux jeunes étrangers. Enfin, Pondok tout sourire apparait à la porte et leur fait signe de le rejoindre.

La journée passe très vite. L'hospitalité locale n'est pas un vain mot et on va offrir aux deux jeunes gens de quoi se restaurer après une toilette sommaire. Dés le milieu de la matinée, un attroupement de plus en plus bruyant occupe la place principale de la bourgade. Les joueurs rencontrés la veille arrivent les uns après les autres. Chacun bien occupé à préparer et nettoyer avec soin son instrument. Peu avant midi, ils se regroupent au milieu de la place au moment où Jack et Augustin quittent la maison de Pondok.

« *Aurait-on organisé un petit récital de musique traditionnelle en l'honneur des deux N'srani[12] ?* » dit Augustin. Le silence de Jack l'encourage à continuer.

« *Aprés tout, on a l'habitude de voir passer du beau monde par ici ?...* », émoustillé, il sourit d'autosatisfaction.

« *La modestie ne t'étouffe pas, mais désolé t'as tout faut !* » lui lance discrètement Jack. Il a pu suivre des bribes de conversation

---

12 *« étranger » ou « chrétien » en dialectal.*

échangées par les villageois en cours de rassemblent. La réalité est effectivement tout autre, ainsi qu'il l'apprend en questionnant quelques jeunes. Des adolescents se sont approchés d'eux intrigués par ce couple d'étrangers dont l'un est noir et l'autre a une chevelure de fille. Augustin finit par comprendre lui aussi que la « *bande de joyeux drilles* » est le coeur de la confrérie mystique de musiciens que l'on convoque parfois lors d'une cérémonie. Aujourd'hui un guérisseur va officier au centre du village. Les ados, avec respect, désignent d'un discret signe de la main celui qui va officier aujourd'hui. Vêtu de blanc et portant la coiffe de ceux qui sont allés à la Mecque, il fait des allers retours entre les musiciens et des familles de villageois qui s'installent sur le pourtour de la place. Jack et Augustin, sont fascinés. Ils remarquent au sein de chaque petit groupe une personne dont l'allure ou les mouvements brusques et incontrôlés semble traduire un sérieux handicap. Celui qui a déjà renseigné Jack explique en quelques phrases courtes qu'il s'agit d'une tradition très ancienne, pas toujours au goût de l'imam local, mais très appréciée de la population. Il s'agit de pratiquer de longues et intenses sessions de musiques et de danses destinées aux « *fous du villages* » ou de tout autre pauvre hère. Leurs familles les confient au guérisseur et à la confrérie, le temps d'une commémoration en l'honneur d'un marabout local. C'est le prétexte et la concession à l'islam pour couvrir une séance destinée à traiter la démence. Les joueurs de la confrérie, sont maintenant alignés, impressionnants, au milieu de la grande place. Ils entament une marche lente circulaire l'un derrière l'autre. Les Rhaïtas émettent à l'unisson une mélodie d'abord lente et peu rythmée puis de plus en plus saccadée, pour se stabiliser sur un motif lancinant et incessant. La population se rassemble en formant un encore plus grand cercle. Les villageois semblent vivre pleinement ce moment. D'abord avec amusement, pour ensuite s'écarter au fur et à mesure que les « *dérangés* » entrent dans le cercle formé par les instrumentistes, tout à leur art. Ils sont cinq à se mettre à danser. D'abord doucement, maladroitement, comme des pantins désarticulés. Puis en rythme au son de la musique répétitive. Cela dure de longues minutes. Et semble durer des heures tant l'intensité du moment hypnotise. A en oublier le caractère grotesque de ce « *ballet des fous* » explique encore le jeune villageois. Les joueurs, les uns après les autres sont à bout de souffle mais quand l'un s'arrête un autre reprend sans que la session ne s'arrête jamais. Elle va durer prés d'une heure. Plusieurs danseurs s'écroulent sur le sol, vite emportés par des membres de leur famille. Parfois, un état de transe parait envahir un infortuné, c'est ainsi qu'Augustin et Jack conviennent de les identifier. Il se met alors à se prosterner puis se débattre contre un démon invisible, pour finir par se rouler sur le sol en se tortillant dans tous les sens. La musique accélère alors jusqu'au moment où le possédé finit par s'affaler, sans vraiment perdre connaissance. Enfin délivré ? Peut-être ...

Le soir s'approchant, la foule s'éclaircit. Un *cas désespéré* reste en lice et continue ses mouvements incontrôlés. Pondok, se rappelant sans doute la présence de ses deux invités, sort du groupe de souffleurs et se dirige vers eux. Après un court échange avec Jack il regagne le groupe.

« *Vaut mieux qu'on s'écarte Augustin, ça peut devenir glauque m'a averti Pondok !* »

Visiblement, Augustin ne l'a pas écouté. Jack a à peine terminé sa phrase qu'il s'exclame,

« *Mais regarde donc, il se fend la tête !* » , avant de s'écarter, horrifié, pendant que Jack découvre lui aussi la scène. Le jeune possédé, en transe, se frappe le sommet du crâne avec une hachette. Hémorragie spectaculaire garantie, bien que les coups auto-portés ne semblent pas vraiment très puissants.

« *Démonstratif mais pas définitif* » s'autorise Augustin.

...

Leur seconde soirée dans le village de Jahjouka est bien moins agitée que la précédente. La cérémonie s'est arrêtée dés que la lumière du soleil a décliné. Tout le monde a pu souffler un peu et surtout pas dans les rhaïtas. Les deux jeunes étrangers sont conviés au repas communautaire à la maison de la confrérie. Pondok et ses amis sont assez satisfaits de la prestation de la journée. Vu de la confrérie, « *Des patients ont pu régler quelques problèmes avec eux mêmes et même un cas grave a été résolu, grâce à Dieu !* ». À en juger aussi par les cadeaux et l'argent récolté, confie Pondok. Médusés, les deux amis acquiescent poliment et participent au contentement général en hochant la tête d'un air entendu. Augustin prend d'une main le sebsi qu'on lui tend et de l'autre un verre de thé brulant.

« *Il va falloir que tu m'expliques ce qui s'est passé hier, Jack !* »

« *Ne compte pas trop sur moi ... ça me dépasse et ce n'est pas à cause de ce qu'on consomme depuis hier soir. D'ailleurs va falloir se calmer un peu, faut qu'on parte demain matin, tu te souviens encore du rendez vous avec Sabine, non ? On a encore du chemin à faire !* »

L'évocation de Sabine par Jack étonne son compagnon car il ne la connaît que par sa description.

« *J'ai du en faire un joli portrait !* » sourit-il.

Augustin a connu *Sabine de Gargan*[D] quelques années auparavant quand ils étaient étudiants. Ils fréquentaient les mêmes cercles plus ou moins gauchistes. Avec quelques autres, ils partageaient un engagement de terrain contre le racisme et aussi pas mal de bons moments. Mais *« pas plus que ça »* ainsi qu'Augustin l'a pudiquement expliqué à Jack. Leurs quotidiens s'est ensuite éloignés, mais le contact s'est maintenu. C'est ainsi qu'Augustin, juste avant son départ de France, a su que Sabine venait de s'installer dans cette région du nord du Maroc. Elle devait y travailler comme expert agronome dans une exploitation pilote. Il s'agissait de culture de fruits et légumes sensée se substituer, peu à peu, à la tradition bien établie et surtout très lucrative de la culture du kif. L'adhésion immédiate d'Augustin au projet de randonnée dans ce pays *Ahl Srif* n'est donc pas totalement fortuite. Le passage prévu à la ferme expérimentale encore moins. Jack l'a vite compris et le taquine souvent à ce sujet, en dépit du déni de son compagnon.

« Mais Jack ! Puisque je te dis que c'est juste une copine !

Au cours de cette dernière soirée à Jahjouka, Jack s'autorise à sortir son cornet à piston. Il entame quelques airs avec Pondock, ravi de perpétuer la tradition d'accueil des musiciens étrangers dans son village. Puis tout le monde part dormir. Enfin, après un dernier petit Sebsi quand même.

…

Au moment du départ, de bon matin, Augustin, sort de son sac à dos un gros pain de sucre. Il le laisse en évidence dans la petite chambre utilisée depuis leur arrivée[13]. Pondok est déjà parti, *« Dieu*

---

13 *Autant l'hospitalité ne se monnaye pas, autant la reconnaissance de son coût se fait en laissant derrière soit un ingrédient indispensable pour le thé, et qu'il faut acheter : le sucre.*

seul sait où » ainsi qu'on le leur dit. Ses camarades musiciens aussi semble-t'il. Il a laissé un message sur un petit papier destiné à Jack, lui confirmant qu'il passe de temps en temps à Ksar el Kébir, *« espérant bien jouer de nouveau en duo avec lui - si Dieu le veut – et ainsi qu'ils se le sont promis ».* Ni Augustin ni Jack n'ont vraiment le souvenir de cette promesse. Pas forcément étonnant vue ce qui s'était passé depuis leur arrivée. Jack continue à déchiffrer péniblement le message car, s'il parle bien l'arabe dialectal, il est loin de maitriser l'écrit. Il note en guise de signature un curieux gribouillis, comme un dessin d'enfant. On devine un visage avec une touffe de long cheveux colorée en jaune. Il empoche le petit papier.

« On dirait bien Brian Jones non ? »

Augustin se propose de lui procurer une hachette à tout hasard.

« Juste au cas où il t'aurait envouté, pour quand il passera à Ksar el Kebir. Tu sais quoi faire ... »

...

Deux longues journées exténuantes plus tard, les deux marcheurs parviennent à *El Manjra*. Cette petite localité est insérée dans un vallon sur le flanc sud des collines qui dominent la vallée de l'oued *Sebou*.

« Jack, on prétend que ce fleuve aux méandres multiples figurait l'hydre de Lerne combattue par Hercule ! Tu te rends compte ?»

Un léger mouvement de tête de l'interpelé satisfait Augustin, toujours prêt à étaler son savoir. L'un et l'autre sont passablement éreintés. Le chemin muletier n'a pas été trop rude mais la marche fût pénible sous un soleil ardent. Les habitants qu'ils croisent ne sont ni hostiles, ni chaleureux, juste curieux. En l'absence d'électricité et donc de TV, les soirées peuvent être monotones et le passage d'étrangers reste une source de divertissement. De soupçons aussi. Ils ne sont pas vraiment surpris par la relative froideur des gens qu'ils croisent car le trafic du kif règne dans la région de Chefchaouen et la méfiance règne. Ils ont passé la nuit précédente accueillis par l'instituteur dans une petite école et ont été réveillés par le garde local. Sans doute requis par un villageois plus inquiet que les autres. La vérification des papiers d'identité et de la raison de leur présence furent une pure formalité, mais aussi une manière implicite de dire à ces deux *professeurs* que mieux valait pour eux qu'ils poursuivent leur chemin. En cette fin d'après midi, la chaleur se fait sentir au fur et mesure qu'ils descendent le chemin pierreux vers le village objectif de leur étape *« Chez Sabine ! »*. Les bruits et les odeurs montent du fond la vallée. Il s'agit comme souvent des cris d'enfants au loin, de quelques ânes qui protestent contre le dur traitement infligé par leur propriétaire. Le tout étant accompagné par la senteur évanescente des eucalyptus …

L'entrée dans *El Manjra* est plus discrète que leur arrivée à *Jahjouka*. Les deux voyageurs se font conduire à *« la ferme des bananes »*. Samir Rifi[E], un jeune *ingénieur-fermier-pilote* les accueille chaleureusement. Il les invite à le suivre et à entrer dans la maison en se répandant en compliment sur Sabine qu'il emploie depuis son arrivée l'hiver précédent. Elle les rejoint peu après. La jeune femme a une allure et une tenue sportive. Blonde à souhait, elle tranche sur les villageoises discrètes croisées dans la cour de la ferme et pétille de joie de vivre. Les retrouvailles avec Augustin sont bruyantes et font sourire Jack. Il apparaît vite que Samir et Sabine sont plus que des collègues. Samir lui délègue, l'air amusé, la visite guidée de l'exploitation. Elle commence immédiatement leur éducation.

« ... Le bananier a l'apparence d'un palmier, mais ce n'est pas un arbre ! C'est, dit on, la plus grande herbe vivace du monde ... »

Belle entrée en matière pour un véritable cours qui se poursuit pendant toute la visite. Longue visite, de la ferme jusqu'aux très grandes serres qui l'entourent.

« ... Des centaines d'espèces ! Et Samir est en train de sélectionner une variété de banane-légume de l'espèce plantain qui a l'air de vouloir s'acclimater par ici ! »

« Moyennant quelques aménagements » interrompt Samir en pointant du doigt une autre rangée de serres en contrebas du village. Augustin n'en revient pas. La copine de fac, la militante 'chauffeuse d'amphi' reconvertie dans l'agronomie, c'était déjà quelque chose. Et maintenant, en symbiose totale avec ce grand fermier costaud. Il lui avait connu d'autres compagnons bien différents.

« Elle a toujours aimé les beaux mecs bien bâtis mais elle a changé son type, voilà tout ! », pense Augustin. La leçon n'est pas finie. Samir prend le relais.

« Au Maroc, on consomme en moyenne annuelle près de vingt quatre mille tonnes de bananes, presque toutes importées. Si on réussit à la faire pousser localement, c'est bingo ! »

Sabine s'amuse de l'étonnement de ses deux visiteurs

« Ça décoiffe non ? Allez donc vous installer, on se retrouve au diner. Je sais que vous êtes au Maroc depuis cet été mais vous ne connaissez pas encore l'hospitalité des Rifains !»

Ce en quoi elle se trompe, comme ils lui font remarquer. Avant qu'elle ne s'en aille et les laisse s'installer, ils relatent leur étonnant séjour à Jahjouka, sans trop s'appesantir sur leurs excès. Sabine les questionne un peu sur le passage de tous ces musiciens occidentaux quelques années auparavant, surprise de ne pas en avoir entendu parler depuis son arrivée dans la région.

...

Question hospitalité, Augustin et Jack ne sont pas déçus. Sabine a dit vrai. Le couple a préparé un repas traditionnel. Les fameux *tagine* avec artichauts, agrémentés de fruits secs voisinent une pastilla enrichie aux amandes et noix et quelques *briouats,* ces feuilletés triangulaires fourrés à la viande. Samir sert, en les commentant, les mets qui s'accumulent sur une table basse du salon traditionnel. On n'est plus chez Pondok, ce ne sont pas de très jeunes filles, voire des enfants qui assurent la cuisine et le service. Le repas est somptueux, l'atmosphère amicale, comme si les quatre convives se connaissaient depuis toujours. Trés partiellement vrai. À la fin du repas, la première gorgée de thé est à peine engloutie - prudemment car brulante comme il se doit - que Samir demande à Jack d'aller chercher son cornet. Augustin l'a dénoncé et il prend lui même un *Bendir*. Il a saisi l'instrument à percussion incontournable qui traine dans tous les foyers. Improvisation et chants résonnent dans la petite maison. Augustin et Jack en profite pour raconter plus en détail leur passage chez les sonneurs de Rhaïtas et la rencontre insolite avec Pondok « *le pote de Brian Jones* ». On se remémore quelques succès du groupe et Sabine n'est pas la dernière à pousser la chansonnette avec 'Hey Negrita' de l'album 'Black and Blue' qui venait de sortir. Le résultat laisse perplexe Jack mais ravit Samir et Augustin. Les deux marcheurs doivent reprendre leur route vers *Chefchaouen* le lendemain, pourtant, une fois encore ils vont très peu dormir. Les volutes d'une fumée euphorisante n'en sont pas la cause cette fois. En revanche on parle beaucoup et bien tard cette nuit là. De musique bien sûr, à commencer par celle de ces rockers de Londres, des traditions un peu, pour s'en démarquer, de l'avenir, beaucoup. Comme on peut le faire quand on voit la trentaine se profiler, encore loin certes, mais à l'horizon quand même. Cela commence par de curieux rapprochements historiques qui auraient pu, en d'autres circonstances, gâcher la fête. Samir et Augustin découvrent que tout deux avaient un grand père qui a participé à la *'guerre du Rif'* juste après la première guerre mondiale. Augustin sait juste que son aïeul n'avait pas été démobilisé après deux ans de service militaire suivi de quatre années de tranchées. Après l'armistice, il avait été intégré au corps expéditionnaire Français envoyé au Maroc pour *'aider'* les Espagnols à ne pas se prendre une déculottée face aux Berbères riffains révoltés. Samir a lui connu son grand père, à la différence d'Augustin. Celui-ci lui avait raconté ces années de razzias et de fuite dans les montagnes face aux soldats étrangers. Le ton reste neutre, ce n'est pas leur guerre. Puis Jack évoque son propre père Andrew qui a débarqué au Maroc après l'entrée en guerre des Etats-Unis. La seconde guerre mondiale cette fois. Tous ces destins tragiques, ballottés par l'histoire, finissent par les rapprocher au final. On en revient à parler du présent et du futur. Leur génération a été épargnée par la guerre, dans cette partie du monde en tout cas. Une génération qui peut se révéler généreuse, internationaliste et *'sans Dieu ni Maître'*, mais qui découvre, comme les précédentes, qu'il faut composer avec le pouvoir de l'argent et le poids écrasant des traditions et de la religion. Comme ici chez les *Ahl Srif*[14]. Sabine pa-

---

14 *Ahl Serif est une tribu Jebala, elle est composée de bebères arabisé de la première heure, d'arabes, de quelques familles d'origine Andalous et de Chourfas, des réfugiés ayant*

rait parfois absente lors de ces discussions à la fois banales et pleines d'idéaux partagés, peut-être presciente de difficultés à venir. Augustin la sent résignée quoique visiblement très accrochée à ce projet de culture de la banane … autant qu'à Samir. Il en est ravi pour elle mais trouve qu'elle ne déborde pas de vie avec autant d'éclats que dans son souvenir à l'université. Elle participe peu à l'échange sur les souvenirs de famille, ce qui n'étonne guère Augustin. Il se souvient du rejet total subie par Sabine chez les *de Gargan* lorsqu'elle a affirmé son indépendance et son désaccord avec leurs valeurs conservatrices extrêmes. En revanche elle questionne de nouveau les deux marcheurs sur leur passage à *Jahjouka*. Ce village de musiciens renommés dont elle ignorait l'existence à la différence de Samir, à sa grande surprise. Elle ne lui avait pourtant jamais caché ses goûts musicaux, ni son attachement aux Rolling Stones des premiers heures. La soirée se prolonge tard, belle et pleine de promesses échangées. Le privilège de la jeunesse. Mais calme aussi car Augustin et Jack doivent quitter le village le lendemain matin.

La fin de leur trajet s'avère être intense avec trois jours de marche sans histoires sur des chemins au relief accidenté, arides et magnifiques. Une dernière montée aux abords de leur destination finale leur permet d'apercevoir au loin la Méditerranée. Parvenus aux abords de *Chefchaouen*, la beauté sauvage de la ville bleue ne les émeut pourtant pas vraiment. Ils sont arrivés et se retrouvent sans but. Ils visitent distraitement la vieille ville pittoresque avec ses maisons aux façades peintes de différentes nuances de bleu. Et déjà, il est temps de repartir pour *Ksar el Kebir* le jour même. En bus cette fois, via *Tétouan*. Ils rentrent juste à temps pour ne pas rater la rentrée scolaire du lycée, à la grande déception des élèves.

---

fuis la ville de Fès au VIIIe siècle lors de la persécution de la dynastie Idrisside

Pour certains, l'amitié ne peut se construire que dans l'action. C'est leur cas et ils ont été gâtés, presque du gâchis. Les deux jeunes professeurs vont partager et chérir le souvenir de cette étonnante virée, des rencontres, certaines prévues comme avec Sabine et d'autres bien plus improbables comme la rencontre de Pondok et de sa confrérie. Sans oublier les traces du passage de célèbres musiciens curieux de tout. Ils en sont convaincus, ici comme ailleurs, le culte des Rolling Stones n'est pas prêt de s'arrêter. D'ailleurs, ils se retrouvent souvent en médina chez les uns ou chez les autres pour écouter la bande de rockers de Londres dans une atmosphère locale très enfumée.

Les deux professeurs vont finir l'année scolaire sans revoir Sabine. Elle est toujours installée dans la ferme aux bananes d'après un courrier reçu au printemps suivant. Elle ne descendra pas de sa montagne pour venir les voir comme promis, à la différence de Pontok qui viendra régulièrement *'souffler avec l'Américain'*. Jack quitte en premier Ksar el Kebir pour une autre affectation en Gambie. Après son temps de service civil, Augustin rentre en France. Il essaie de reprendre contact avec Sabine, sans succès, mais il finira par savoir plus tard qu'elle aussi a quitté le Maroc deux ans après son propre départ. Pas seule, avec un très jeune enfant prénommé Manfred. Lorsqu'ils se retrouveront, à l'occasion d'une visite à Paris, elle parlera très peu de sa séparation avec Samir. Augustin comprendra qu'elle avait été douloureuse.

Quand aux bananes, il faudra attendre les années quatre vingt dix pour que l'ambitieux projet du couple idéaliste soit repris par d'autres, cette fois avec succès et d'avantage de moyens dans les plaines fertiles du *Gharb*.

Les Lewis débarquent

Paris, printemps 2023 - Rue des Martyrs IX ieme arrondissement

Augustin sort, l'air hagard d'un sommeil très agité. Il a revécu, pendant une bonne partie de la nuit, une période de sa vie qu'il avait pourtant classé depuis longtemps dans le registre *'souvenir d'une jeunesse quelque peu débridée'*. Maintenant réveillé, le septuagénaire s'étire péniblement en tentant de remettre de l'ordre dans un cerveau aux neurones sérieusement malmenés. Résultat probable d'une pérégrination cauchemardeuse dont l'action se passait au Maroc, quarante cinq ans auparavant.

« *Pas bien difficile de trouver le déclencheur de cette séquence nostalgie* » se dit Augustin. En effet, il entend la voix tonitruante de son vieil ami Jack dans la pièce d'à côté. Le grand appartement parisien où il habite seul depuis des lustres s'est transformé en gite familial le temps d'un week-end. Il héberge la tribu *Lewis* à la demande de Jack. Le vieux complice d'Augustin est un habitué des lieux depuis qu'il s'est installé en région parisienne. Il a préparé un petit déjeuner copieux et tente de diriger son petit monde installé au tour d'une grande table couverte de croissants, pancakes, bacon, fromages et un énorme panier de fruits.

Augustin s'extirpe doucement d'un lit en complet désordre. Les articulations se manifestent et le font grimacer. Il enfile péniblement une espèce de peignoir multicolore, genre boubou africain. Le souvenir de ses rêves s'estompe, sans pouvoir l'empêcher de dire à voix basse,

« *Pas loin de deux cent kilomètres, ça avait été un beau raid quand même !* ».

Son arrivée dans le salon ne perturbe pas ses invités qui le gratifient d'un grand « *Bonjour Augustin* » unanime. Il sourit en regardant la diversité des ingrédients étalés devant eux. Prolifiques témoins des habitudes alimentaires trés diverses des convives. Ils sont réveillés depuis peu eux aussi. Jack Lewis, aux cheveux crépus grisonnants et emmêlés, est assis à coté de son petit fils *Arthur*[F] au pyjama constellé de Pokemons. L'enfant s'applique à picorer les mets qui lui conviennent, sous le regard à moitié endormi et un peu las de ses parents *Manfred de Gargan*[G] et *Helena Lewis*[H]. Ce couple de jeunes quadras vit à Berlin depuis quelques années, toujours très occupés, mais disponibles pour l'essentiel – enfin ce qu'ils estiment l'être – et souvent démunis face aux agissements de leur jeune Arthur, un enfant très éveillé et indépendant. Comme aujourd'hui, au saut du lit, lorsque l'enfant a sorti d'une armoire une boite remplie de cassettes et de disquettes souples d'ordinateurs qu'il a renversé sur la moquette du salon, tentant, sans succès, d'en faire quelque chose.

« *Pas d'inquiétude, il faut que je m'en débarrasse de toute façon...* » lance Augustin qui remarque le désordre en traversant la pièce.

« *Il ne te manque que les cartes perforées*[15] *non ?* »

Manfred a toujours chahuté son '*presqu'oncle*' ainsi qu'il l'appelle depuis l'époque où Augustin l'avait hébergé à son arrivée à Paris. Il saisit une disquette et la tend à Augustin.

« *Profites-en donc pour expliquer à Arthur d'où vient le petit dessin sur lequel on clique pour enregistrer sur l'écran des ordis...* » , ajoute Helena.

---

15 *Les fidèles suiveurs d'Augustin se souviennent peut-être du goût de Manfred pour la réutilisation des cartes perforées dans « Ainsi parla Bacbuc » de« Tout se complique »*

Elle n'est jamais la dernière à en rajouter, affectueusement bien sûr. Elle a connu Manfred très jeune lorsque ses parents, Jack et sa compagne *Mary*, recevaient régulièrement *'leurs amis français'* chez eux à Douvres. A commencer par Manfred et sa mère Sabine qui vivaient à l'époque *'dans les montagnes'*. Augustin en était parfois quand il n'était pas en reportage. Le temps passant, les enfants Helena et Manfred n'en étaient plus et se perdirent de vue. Il avait fallu une singulière aventure en Touraine[16] pour qu'ils se revoient et se retrouvent, alors jeunes adultes. Ils se plurent, ne se quittèrent plus et le petit Arthur était arrivé. Ils forment un couple détonnant doté de fortes personnalités aux héritages bien différents : Helena est toujours pleine d'énergie, tout comme sa mère Mary d'origine Gambienne, très engagée pour la protection des migrants en Grande-Bretagne[17]. Elle paraît aussi grande que son père Jack grâce à sa chevelure afro à la mode Angela Davis qui accentue une silhouette élancée. Manfred est lui de père Marocain - peu présent (bel euphémisme) depuis sa séparation avec Sabine, sa mère, infatigable militante issue d'une famille de nobles déchus et rancuniers. Ce petit monde est à peine perturbé par l'arrivée d'Augustin et poursuit le petit-déjeuner avec détermination. Il s'agit de se mettre en ordre de marche pour profiter d'une belle journée de printemps à Paris.

...

La lumière déclinante annonce une fermeture proche du parc qui donne sur la Place Saint-Georges. L'endroit est situé à deux pas du repaire d'Augustin, le 46 de la rue des Martyrs où il vit « *depuis toujours* » comme il le prétend. Il est très attaché à cette rue qui vous emmène allègrement vers les hauteurs de Montmartre. Après une journée bien remplie de parfaits touristes, la petite tribu profite d'une douce soirée dans un des rares parcs de l'arrondissement. Au-

---

16 *À lire dans « Ainsi parla Bacbuc » de« Tout se complique »*
17 *Voir « Soixante dix sept »*

gustin, bien installé sur un des rares bancs du minuscule espace vert, regarde Manfred occupé à apprendre à son fils Arthur à faire du vélo sans roue dans l'allée centrale et unique du Parc. Une autre séquence nostalgie ? Pas vraiment, car il n'a pas lui même du assurer cet exercice obligé du parent modèle. Il n'a jamais opté pour la vie en couple et n'a pas eu d'enfant. Certes, Manfred lui a été confié sur le tard par Sabine, mais le très jeune homme, alors étudiant, savait déjà comment faire du vélo, lire, écrire et compter, voire beaucoup plus. Ce qui lui allait bien. Le jeune Manfred avait aussi appris à ne pas trop compter sur les adultes pour avancer dans la vie. Son père, Samir avait disparu de la circulation et sa mère Sabine avait fait au mieux pour l'éduquer seule. Augustin se remémore en accéléré l'arrivée du jeune Manfred alors adolescent attardé chez lui. Brillant le jeunot ! Très en avance, il avalait les diplômes et se spécialisait dans l'intelligence artificielle. Il est vrai que sa mère avait averti Augustin lorsqu'elle lui avait demandé de l'héberger à Paris pour poursuivre ses recherches :

« *Une grande intelligence, certes oui, et de tout, enfin presque. Côté intelligence sociale, tu verras, il y a des lacunes* ». Il avait fallu peu de temps pour que Manfred, très occupé, voire préoccupé par ses recherches, s'entende avec le vieil ami de sa mère. Augustin l'avait accueilli et accompagné dans cette '*montée à la capitale*' pour rencontrer les esprits les plus brillants dans son domaine de prédilection, l'I.A. Avoir vingt ans et partager le quotidien d'un vieil excentrique ne posait pas de problème à Manfred. Cela le rassurait même. Augustin avait peu de routines depuis la fin de ses activités professionnelles, mis a part ses sacrosaintes sessions au College de France. Il s'enquillait toute sorte de cours sur des sujets qu'il n'avait jamais osé aborder plus jeune. Cet aspect du personnage plaisait bien à Manfred. Les deux résidents du bel appartement parisien ont passé beaucoup de soirées à dialoguer sur les dernières avancées en matière d'intelligence artificielle dans laquelle Manfred nageait comme un poisson dans l'eau. Augustin ne saisissait pas dix pour cent de ce que le jeune prodige lui expliquait. Juste assez pour entretenir la conversation.

Une troisième chute d'Arthur met fin, provisoirement, aux essais de cyclisme. L'enfant et son père très vite compréhensif décident, sans avoir à se concerter, d'en rester là pour aujourd'hui. Augustin observe de loin Arthur rejoindre d'autres petits parisiens pour jouer dans le bac à sable.

« Il n'y a pas beaucoup de métis ni encore moins de blacks dans le quartier » constate Augustin alors qu'il quitte son banc pour rejoindre Manfred au moment où Jack et sa fille Helena entrent dans le jardin, en pleine discussion.

...

« Mais allez-y donc, bon sang de bonsoir ! N'attendez pas que Sabine soit trop âgée pour profiter de son petit-fils ! ». En disant cela, Jack ne doute pas que sa fille Helena reçoive le message. Elle le regarde avec tendresse. Il en rajoute un peu en un inclinant légèrement la tête vers elle. Ce qui ne fait que ramener son crâne chauve à un mètre quatre-vingt du sol. Helena sait qu'elle a perdu d'avance, il suffira de pousser Manfred un peu ... Elle acquiesce d'un geste, non sans lancer un dernier message.

« Et toi aussi, mon grand vieillard ! On est venu à Paris pour être ensemble non ? »

Son père a beaucoup changé depuis sa séparation avec sa compagne Mary. C'était il y a trois ans maintenant. Il lui paraît plus replié sur lui-même. Il apprécie beaucoup les venues régulières de la petite famille installée à Berlin. À commencer par ce petit Arthur âgé maintenant de neuf ans à qui il a commencé à apprendre la musique. Mais c'est toujours à petites doses. Conscient de ses propres limites d'éducateur et aussi de l'effet de ses moments de déprime qu'il ne souhaite pas étaler. Et avant tout il aime avoir le dernier mot.

« Helena, sauf que moi je n'habite pas au bout du monde dans les montagnes comme Sabine ! Allez y donc ! Je suis sûr qu'Augustin nous laissera de nouveau camper tous ensemble chez lui, quand vous en reviendrez »

Ah cet Augustin ! Heureusement retrouvé à Paris après son départ de l'Angleterre du Brexit. Septuagénaire comme lui, peut-être un peu trop routinier à son goût, mais fidèle. *« Toujours prêt et enthousiaste, un vrai golden retriever»*. Cela fait deux ans qu'il l'a recruté dans la chorale anglophone qu'il a fondé dans l'est parisien dés son arrivée en France. Petite soupape financière dans son existence un peu chiche de musicien en retrait, à défaut d'être en retraite rénumérée. Occasion aussi pour troquer sa trompette pour la guitare, moins agressive lorsque on répète en appartement. Sans toutefois renoncer à son cornet, faut pas exagérer ! Le parc Saint-Georges va fermer, Manfred, Helena et leur petit Arthur partent à l'assaut de la pâtisserie la plus proche pendant qu'Augustin et Jack regagnent la rue des Martyrs.

« J'espère les avoir convaincu d'aller voir Sabine dans sa tanière »

« Faut pas forcer le destin, enfin pas trop, mais tu as raison,, ce petit Arthur est un rayon de soleil, on ne peut pas y résister»

« Tu dis ça parce qu'il est bien bronzé mon p'tit fils, c'est ça Augustin ? »

Augustin ne relève pas. Inutile de le chambrer sur son humour lourdingue. Il règlera ses comptes plus tard, genre lors de la prochaine session de la chorale, dimanche prochain.

...

La tribu Lewis quitte la rue des Martyrs le soir même et s'éparpille. Jack, pour rejoindre son petit logement de banlieue et les *'jeunes'* en partance vers les Pyrénées – on peut pas résister longtemps à Jack. Ils vont passer quelques jours chez Sabine. Augustin se retrouve plongé chez lui dans un silence qu'il affectionne, à condition que cela ne dure pas. De toute manière, il le sait, il y a des chances pour que cela devienne assourdissant. La rue très animée le lui rappelle vite, au point de devoir fermer les fenêtres. Un léger bip sonore met un terme définitif à la courte pause. En fait un simple message qui vient de s'afficher sur son ordinateur. Un autre vieil ami, Karl[1] annule leur rendez-vous video hebdomadaire. Ils devaient se retrouver par écrans interposés afin de répéter ensemble à la clarinette une pièce de Schubert qu'ils affectionnent entre toutes [18] mais voila, Karl est un peu débordé et regrette de ne pas pouvoir ce soir. Il lui faut un écran complet pour se justifier.

« *... Augustin, tu sais, avec ce jeune chien je perds tous mes repères ! Tu sais comment c'est, je sors mon Marx et je rencontre d'autres propriétaires de canins de tous poils. Alors on se renifle le cul par procuration, on fait un brin de causette et puis chacun tire sur la laisse de son clébard pour continuer le trajet habituel et déjà il se fait tard ...* »

Augustin lit, amusé et un peu désabusé, le long mot d'excuse de son vieux complice. Il n'aura pas besoin aujourd'hui donc, ni envie finalement, de sortir la clarinette de son bel étui en cuir. En quittant son

---

18 *Moment musical #6 de Schubert. Les fidèles suiveurs d'Augustin se souviendront de cet étonnante obsession musicale découverte dans* « *La bobèche à pampille* »

bureau, Il aperçoit sur le sol une des cassettes audio manipulées par le jeune Arthur. Il reconnait l'image sur le boitier en plastique, ce fameux jean à fermeture éclair qui le le fait sourire ... *'Sticky fingers'*, les Rolling Stones encore ! Bien entendu, il n'y a plus de lecteur de cassette dans son appartement depuis belle lurette.

« Hey Siri ! joue 'I Got The Blues' des Rolling Stone »

Tous les ingrédients sont là pour déclencher une séquence nostalgie de premier cru, il le sait. Le destin s'est bien diverti avec ces deux amis si différents. Le grand Jack, musicien encore et toujours, frappadingue de tout ce qui se joue et se chante. Bien affecté, sans jamais vouloir le montrer, par sa séparation avec sa compagne et complice de trente ans *Mary*[J]. Et puis Karl, ce brillant acteur de la réconciliation allemande à Berlin. Maintenant en retraite, il est très occupé par tous les siens prés de lui et depuis peu ensorcelé par ce jeune chien, *Marx* ! *« Ah il y est allé fort pour le baptiser ! »*. Augustin passe en mode introspection comparative. Il revoit, en mode accéléré sa propre destinée de grand curieux de tout : les visages amis, les aventures d'un jour et d'autres de toujours. Les moments heureux et d'autres moins défilent à grande vitesse dans son cerveau. Il reconnaît vite une pente dangereuse et sort de sa rêverie à temps pour répondre à Karl, le lâcheur du jour. Il rédige un long message, histoire de se lâcher et de l'assommer. L'individu Karl en question n'est pas le dernier à se laisser aller en matière de diarrhée scripturale, mais il relève le défi.

« ... Oui mon cher Karl, tout cela pour conclure et te dire que je ne t'en veux pas (trop) de m'avoir laissé choir pour notre répétition à la clarinette de ce soir mais qu'en revanche, il y a bien un point qui me gène ; le choix du nom de ton nouvel ami quadrupède !

Marx ! Serais tu devenu un nostalgique de la DDR? C'est donc ça ?»

Les errements des habituels échanges entre Augustin et Karl laissent augurer d'une soirée farcie de quelques aller-retours épistolaires par la grâce d'internet. Soit-disant, aucun des deux n'avait le temps de jouer de la clarinette ! Augustin finit par lâcher une citation à son complice, histoire d'enrichir le Français de son ami.

« Le talent effacerait-il les taches sombres laissées par une âme malveillante ? »

Ce soir là, de guerre lasse et pour avoir la paix, Karl finira pas lui promettre une petite balade - avec Marx forcément - quelque part entre Berlin et Paris avant la fin de l'été.

* * *
*

Improbablement vôtre

« L'Optimisme est la possibilité de l'improbable »

Edgar Morin

Second Tiroir *(Recitativo accompagnato)*

Hasard obligé, douteuse nécessité ?

Improbablement vôtre

Un chanteur sur le toit peut en cacher un autre

Paris XIX – Juin 2023

Bien d'autres avant elle se sont exercés à tirer le meilleur profit d'un achat chez le fromager. A commencer par le parent pingre qui traine sa progéniture indisciplinée au marché. Histoire de leur faire tester un petit bout – juste un petit bout – de fromage avant d'en acheter, peu ou pas de tout ? Le commerçant n'est pas dupe mais s'exécute le plus souvent. La spécialité de Bridgit est la mimolette et il n'y pas besoin de marmot à ses côtés pour assouvir ses envies. Ce fromage de vache à pâte pressée non cuite, elle le connaît aussi sous le nom de '*boule de Lille*' ou '*vieux Lille*'. Parisienne d'adoption, elle prend soin de bien connaître le lieu d'origine des fromages. Pas question d'y aller au flanc. Pas une raison non plus pour se hasarder hors de Paris et vérifier les goûts et les textures sur place. Encore moins dans ce plat pays qui n'a jamais été le sien et qu'elle traverse en Eurostar de temps en temps, pour se rendre en Ecosse. Bridgit[K] est née à Edimbourg et en garde un épais accent. Agée de soixante cinq ans, elle habite Belleville. Retraitée depuis peu de l'enseignement et autrice à ses heures, elle est parisienne depuis toujours à ce qui lui semble, en dépit de ses origines. Elle connaît aussi le jour et le lieu de chaque grand marché de la capitale. Comme chaque dimanche matin, sa cible sera celui de la Place des fêtes dans le XIX ième arrondissement.

Perché sur les hauteurs du 19e arrondissement, ce grand marché occupe la place des Fêtes, trois fois par semaine. Les commerçants y sont nombreux et variés …

L'office du tourisme de Paris n'en dit guère plus. Sans doute par décence car il vaut mieux s'abstenir au sujet de l'architecture des bâtiments récents qui entourent la place. Le marché lui même enlace un petit parc mal entretenu. Mais l'essentiel est ailleurs.

« *Qualité XVI ième, prix Belleville !* » Slogan explicite s'il en est. Les commerçants connaissent leur public où se côtoient familles de la classe populaire et ménages bobos. Les petits Abdu et les Aminata côtoient les Gonzague ou Anne-Sophie, hélés par leur parents respectifs. Les enfants se laissant convaincre à devoir déambuler dans les allées du marché pour goûter ce que leur est offert. Le bobo de faction théorise la chose pour qui veut l'entendre.

« *Le marché ? Il y a des signes qui ne trompent pas, regarde ce jeune enfant dans la poussette qui sourit à la vue des fromages ou des pâtés que va lui offrir le commerçant ! Voila la meilleure façon d'éduquer un enfant si tu veux le préserver de l'enfer gustatif d'uber eat !* »

Bridgit est gourmande – un léger embonpoint en témoigne – et elle bien décidée à se faire un petit en-cas. Pas question d'attendre la fin du marché pour grappiller d'éventuels invendus. Mais il n'y a pas de petits profits et tant pis pour sa ligne. Un repérage discret lui permet d'identifier les fromages présentés à la coupe chez les différents vendeurs. Elle marche nonchalamment et ne s'attarde pas devant les étales. Il s'agit de repérer celui qui présente la plus vielle mimolette. Il faut qu'elle soit poussiéreuse ou presque. Le marché a une allée unique qui dessine un vaste carré autour du parc. Un quart d'heure plus tard, son choix fait, elle revient devant l'étale situé à côté de la sortie du métro. La fromagère vient de conclure une bonne vente et s'adresse tout sourire à sa prochaine cliente, Bridgit, qui demande une part de la mimolette exposée. Il assez petit et parait très sec ; ce qui va nécessiter une découpe délicate que l'habile et expérimentée commerçante va réaliser, non sans mal, après avoir fait choisir la taille de la découpe.

« Pas trop grande, juste là, comme ça ! ».

La fromagère a vite identifié la cliente fauchée mais ne montre aucune animosité. Elle parvient à lui couper la petite part demandée, non sans avoir du laisser sur son plan de travail quelques morceaux de la mimolette sèche et effritée. Bridgit a suivi l'opération avec attention, bardée d'un grand sourire. Elle remercie la commerçante pour la tache ardue. Le petit morceau choisi ne va lui arracher que quelques euros. La commerçante n'est pas pas dupe. Elle lui verse dans le petit sac qui contient déjà son modeste achat les morceaux de mimolettes désormais invendables. Bridgit arbore la bonne mine des grands jours en la remerciant encore puis reprend son chemin vers la toute proche rue Compans. Elle a une autre raison pour venir trainer à la Place des Fêtes. Pouvoir chanter dans sa langue natale.

Au même moment, une allée plus loin, une autre fervente adepte de ce marché jette un coup d'oeil à sa montre. Il lui reste peu de temps avant de rejoindre 'la' chorale. Certes la ponctualité n'est pas le fort des membres du petit groupe de chanteurs amateurs qu'elle a rejoint dés sa création, mais elle ne veut rien rater de ce rendez-vous hebdomadaire. Il s'agit de rejoindre la joyeuse bande rassemblée par son ami musicien Jack Lewis. Elle est irlandaise et fière de son prénom d'origine *Gaelic,* Fiona[L]. Très fière aussi de sa chevelure rousse qu'elle entretient avec soin.

Lorsque Jack a dépeint à Augustin les membres de 'sa' chorale, il a tranché son cas au moyen d'un de ses raccourcis syntaxiques habituels.

« Drôle et capable de dire tout et son contraire en l'espace de quelques phrases, avant de souvent ramener le sujet de conversation à elle même ». Jugement vite pondéré par un,

« Also a very kind person ».

« Peut-être son auto-centrisme est l'expression d'une profonde insécurité ? » avait osé Augustin, à tout hasard.

« Tu n'as pas tort mon vieux psy d'occasion ! Avec elle il suffit de lui assurer qu'elle reste au centre de l'attention. Elle peut se révéler alors être très empathique. En résumé, on l'aime beaucoup, à petite dose »

Pour l'heure, Fiona se presse pour rejoindre le stand d'un charcutier fort apprécié sur le marché, celui d'*Arnaud Ngagar*[M]. Arrivée devant l'étalage, elle attire son attention puis lui crie presque,

« Arnaud, Je file à la chorale, tu nous gardes ce que tu as de meilleur pour ce soir ! ... »

Elle ne lui laisse pas de temps pour réagir. Il est d'ailleurs très occupé à servir ses clients. Elle lui lance un petit baiser d'une main avant de s'éloigner en pressant le pas. Le dit Arnaud lève à peine la tête et lui renvoie un sourire complice, à défaut d'autre chose, ses mains étant occupées à emballer un pot de rillettes. Le tout sans interrompre son échange avec une cliente qui se plaint d'avoir été doublée par un malpoli.

« ... et en plus, je l'ai déjà vu tâter des girolles chez votre voisin légumier pour ensuite les laisser choir et se plaindre de leur piètre fraicheur ! Y en a, je vous jure ! ... »

« Ah ma bonne dame ! Si vous saviez ... »

Arnaud a déjà prononcé cette phrase culte à de nombreuses reprises ce matin, sans s'en lasser. Elle coupe court à toute velléité de poursuivre la conversation et encore moins le malotru qu'il vient juste de servir. Arnaud, très proche de la retraite, est un pro du marché. Même si ses passions sont ailleurs, le rock & roll et la culture anglo saxonne qui va avec. La soixantaine bien svelte, une performance pour un charcutier, il se partage entre la Normandie et les marchés parisiens qu'il affectionne. Comme celui de la place des fêtes où il écoule une partie de sa production. Ses fameuses rillettes faites maison sont réputées sur le marché.

...

Le métro est bien rempli. Situation inhabituelle en ce dimanche matin, sur cette ligne 11 qu'Augustin Triboulet pratique régulièrement. Une belle journée incite sans doute à la sortie. Une jeune maman et son rejeton se faufilent avec difficulté dans une rame bien chargée, à la recherche d'un siège. Tout naturellement, Augustin se lève pour offrir sa place à la jeune femme qui le remercie chaleureusement. Ce faisant, il entend à peine un *« Ce n'est pas à vous de céder sa place »*, formulé avec fermeté par un grand jeune homme. Ce dernier se lève à son tour pour libérer son siège. Augustin proteste mollement mais s'avoue très vite vaincu. Il s'installe dans la place libérée et sort un journal du petit sac à dos qui le quitte rarement. Dans l'agitation, il en laisse choir les pages du milieu. Augustin craint bien être le représentant d'une espèce en voie d'extension avec sa liasse de papiers en désordre. Il s'excuse auprès de ses voisins, récupère dignement ses pages et reconstitue son journal, non sans peine, sous le regard amusé des passagers. Il réalise d'un coup la plénitude de son récent statut de septuagénaire. Il s'en moque car comme chaque semaine, il va rejoindre un groupe de chanteurs dont quelques membres ont déjà passé ce cap. À commencer par son ami

Jack Lewis, fondateur et animateur de cette petite chorale installée prés de la place des Fêtes, les *Roof Singers*.

Jack en connaissait un bout question musique et chansons en arrivant à Paris. Lorsqu'il a décidé d'animer une chorale de quartier, le hasard des rencontres lui a fait découvrir un local situé en haut d'une de ces petites tours très laides qui ont poussé dans le XIX ième arrondissement. Cet édifice est doté à mi-hauteur d'un local associatif au bord d'une grande terrasse agrémentée d'un jardin.

« *Suspendu ? Comme à Babylone ?* », s'est enquis Augustin lorsque Jack lui a vanté le lieu. La salle prêtée est assez grande pour contenir une vingtaine de personnes. L'extérieur n'offre pas de vue spectaculaire sur les toits de Paris mais offre l'agréable sensation d'être – un peu – entre ciel et terre. De quoi émoustiller la petite quinzaine de réguliers qui s'y rassemble chaque dimanche. Jack a rassemblé petit à petit ce petit groupe d'amateurs. Tous anglophones, d'origine Britannique, Irlandaise ou Américaine. On y accueille aussi avec chaleur quelques *locaux* comme Augustin, coopté par son vieil ami et chef de choeur. Ça aide.

« *Tu verras, on fait dans le genre blues, rock et folk des années soixante, mais pas que ça. Le tout est guidé par ma guitare, tu devrais y arriver !* » avait insisté Jack.

Entre échauffements, chants et bavardages, chaque séance dure une bonne heure et demi, souvent ponctuée d'éclats de rire. Ces chanteurs amateurs sont enthousiastes, parfois doués mais assez indisciplinés. Augustin s'est vite coulé dans le moule, grâce à sa propension au mimétisme sans doute[19]. Il a également vite identifié les minutes cruciales à la fin de chaque séance pendant lesquelles se décide *'qui ira et où'*, pour se restaurer. C'est bien connu, chanter ça

---

19 *On se souviendra de ce film « Zelig » de W. Allen : Augustin a déjà démontré une certaine admiration envers cet homme caméléon dans « Bazar et Cécité »*

creuse. Effectivement, il y en a toujours quatre ou cinq – souvent les mêmes – prêts à traverser les buttes Chaumont et rejoindre le *café Sunny* situé aux abords du jardin le plus dénivelé de Paris. Jack et Augustin en étaient le plus souvent. Même si son niveau d'Anglais lui faisait rater le sens de pas mal des plaisanteries échangées, les amis choristes l'associaient à leur conversations délirantes. Il faut dire qu'une fois installés, cela fusait de partout chez les choristes, à commencer par décider qui mangerait quoi. Vivant en France depuis longtemps, ces anglo-saxons n'avaient pourtant pas adopté l'intégralité des codes alimentaires locaux. On mélangeait avec maestro les ingrédients commandés pour '*pour se restaurer un peu*', naviguant entre l'*'english breakfast*, l'*encas pâtissier dominical* ou la *quiche végétarienne de derrière les fagots'*. L'ensemble étant arrosé de café et de vin blanc. Lorsqu'il avait fallu trouver un nom à cette chorale. On avait assez logiquement pensé à *'Rooftoppers'*, vue la localisation de leur espace de répétition. Malheureusement, un rapide check avait confirmé que c'était déjà pris. En revanche qui se souvenait des *Rooftop Singers*, ce trio américain de musique folk du début des années 1960 ? Quelques succès [20] suivi de l'oubli avec la dissolution rapide du groupe. Jack s'en souvenait pourtant et n'avait pas voulu plagier le nom du trio. Après de longs débats, on s'était accordé sur un compromis avec *Roof Singers* pour désigner la petite bande de chanteurs de la place des Fêtes. C'est sous ce nom qu'ils participeraient désormais chaque année à la grand messe des chorales parisiennes, le festival *Voix sur berges,* avec ses deux cent chorales s'égosillant le long du canal Saint-Martin.

L'effectif de la petite bande n'excède pas la vingtaine de chanteurs, les bons jours. Un âge moyen plus que '*mature*', la soixantaine pour les plus jeunes des seniors, quelques trentenaires, deux jeunes aussi « *pour ne pas trop faire Ehpad* » et puis surtout il y a « *Big Jack* »

---

[20] *Le plus célèbre « Walk right in »*

comme on le surnomme. Le seul (ou presque) musicien de la bande qui dirige l'ensemble en même temps qu'il joue de sa guitare à douze cordes. Respect ! Il a tenté une seule fois le cornet. Une seule fois. Soulagement ! Chaque dimanche matin, il répartit les présents en trois groupes en début de séance. Les Soprani, les Alti et ... les hommes. Ces derniers ne pouvant pas tout à fait être qualifiés de Ténor. Ils chantent plus grave voilà tout. Selon les jours et les participants présents, on renforce même les rangs des hommes par une transfuge alto qui, elle, chante admirablement bien dans tous les pupitres. Chaque séance commence par un échauffement physique et vocal, comme il se doit. On passe allégrement de la séance de gym aux postures plus ou moins *yogiques* et enfin au réveil des cordes vocales. Cette dernière phase pouvant être bruyante ainsi qu'Augustin l'a découvert lors de sa première séance. La transition vers le chant se fait naturellement grâce à des vocalises rythmées par la guitare de Jack. « Tout cela est joliment bien structuré » s'est dit Augustin la première fois – en faisant comme tout le monde – avant d'assister à la suite où tout pouvait se produire, selon l'humeur du maitre et de certains de ses choristes plus ou moins dissipés. Une constante : la mise en voix s'achève toujours en chantant *'Summertime'* - et cela quelle que soit la saison - ce qui fournit l'occasion de mimer l'envol d'un oiseau. Certains choristes y mettent beaucoup d'énergie et de conviction. Une certaine Bridgit en particulier.

> ... *One of these mornings, you're goin' to rise up singin'*
> *And you'll spread your wings and you'll take the sky*
> *But 'til that mornin', there's a-nothin' can harm you*
> *With daddy and mommy standin' by ...*

Son petit monde bien installé, Jack achève traditionnellement l'échauffement en lançant sur sa guitare *'Walk right in'*. Respect aux *Roof top Singers* oblige, la petite chorale entame alors et avec entrain la balade iconique du trio qui est devenue la leur.

Walk right in, sit right down
Daddy, let your mind roll on
Everybody's talkin' 'bout a new way of walkin'
Do you want to lose your mind ?

...

Augustin rencontre Bridgit et Fiona au pied de *« la tour de la chorale »*. Elles ont quitté le marché à la dernière minute, presqu'à regret en ce beau dimanche ensoleillé de Juin. Augustin les écoute papoter en entrant avec elles dans le bâtiment. L'ascenseur doit les amener en haut de la tour. Lieu opportun pour des échanges courts, c'est bien connu. Augustin avait appris récemment l'expression '*elevator pitch*'[21] et il se demande si l'une ou l'autre n'est pas entrain de tester une future intervention. Fiona lance en premier,

« J'espère que Jack voudra bien qu'aujourd'hui on chante en extérieur sur la terrasse »

« Dehors ou pas, j'aimerais qu'il nous fasse chanter du Rolling Stones, tiens par exemple 'No expectation' »

« On devrait pouvoir vendre l'idée, y a une belle intro à la guitare, ça lui plaira... »

Fiona approuve et les deux copines terminent leur conversation en sortant de l'ascenseur sous le regard médusé d'Augustin.

« Ah qu'il était beau ce Brian Jones quand même ... et j'avais quinze ans ... »

« C'est vrai qu'à choisir entre lui et Mike Jager ...»

« Mais quelle idée aussi de se foutre en l'air ! »

---

21 *un argumentaire court dont la durée est limitée par le temps de trajet ...*

« Bah ! Ça n'a jamais été prouvé ... »

Augustin sort à son tour de l'ascenseur et sourit en silence. Il fût sans doute moins sensible que ses deux voisines au charme de l'icône du *'swinging London'* des années soixante[22]. Il réalise avoir été bien jeune à l'époque de la sortie de cette chanson. Il ne peut s'empêcher d'admirer la bonne forme de ses deux amies choristes qui évoquent maintenant en riant un concert où ma foi ...

L'arrivée sur la terrasse des retardataires passe inaperçu car elle suit de peu celle de Jack, très à l'aise au milieu de ses groupies. Son passé d'artistes musicien, lui donne une aura qu'il s'attache à maintenir à sa juste proportion. Mais bon, voilà! Quand l'ego est flatté, il serait dommage de se priver d'une (petite) notoriété. Les deux dernières arrivées glissent en passant leur envie d'un petit peu de Brian Jones mais Jack esquive et lance un joyeux,

« 'Back to work ladies and gents' et d'abord un peu de gym et de relax »

La petite assemblée se positionne en cercle. Au cours de la séquence d'échauffement, Jack déclare, sans concession possible,

« Désolé Fiona et Bridgit, on va plutôt se faire du Dylan aujourd'hui suivi par du Woody Guthry »

L'assistance étant maintenant *'bien en bouche'*, il entame à la guitare la superbe intro de Leonard Cohen dans une de ses chansons fétiches *'Who by fire'*[23]. La musique est douce, envoûtante. Big Jack connaît son affaire mais il n'y aura pas d'extase au sein de la petite assemblée. On se met à chanter, doucement d'abord, puis de plus en plus intensément, bercé par la musique distillée par la guitare. Jack

---

22 *Du siècle dernier ... Va t'il vraiment falloir le préciser à chaque fois?*
23 *« Who by fire » À déguster de préférence un soir joyeux : A regarder dans son London concert 2019 .*

jette un coup d'oeil à Augustin qui lui paraît trop en retrait. Il s'adresse à lui en lui passant une feuille avec les paroles.

« Vas y plonge mon ami ! ». La session va continuer une bonne heure. Après Leonard Cohen, on reprend quelques chants plus légers et déjà bien connus de la chorale. *'Summertime'* a son succès habituel lorsque Bridgit, très en forme, prend son envol rituel et virtuel pour chanter et mimer l'oiseau. *« Ou plutôt le Dodo »*, précise t'elle. Et puis vient la découverte de *Woody Guthrie*[24] sous la conduite d'un infatigable Jack. Il passe pas mal de temps à rapporter des anecdotes sur un de ses chanteurs et musiciens préférés. Intarissable pour évoquer ce poète engagé contre le racisme et les inégalités dans les états du Sud. Faut dire que Jack, pourtant discret sur son enfance en Géorgie, avait vécu la fin de la ségrégation officielle qui ne signifiait pas celle du racisme. Il en avait été témoin et victime.

« ... et donc on va apprendre 'This land is your land'. Il l'a écrit en s'inspirant d'une chanson bien-pensante 'blessed America' - ce qui plaisait bien aux conservateurs et autres traditionalistes - mais dont la signification était clairement tout autre... »

Visiblement ému, Jack sort sa petite boite de pastilles de fisherman's friend destinée à soulager les gorges et les distribue avant de reprendre,

---

24 *Woody Guthrie originaire de de l'Oklahoma, est un chanteur et guitariste folk américain. Il compose des chansons exprimant les luttes des pauvres et des opprimés, tout en célébrant leur esprit de résistance libertaire indomptable. Figure emblématique des hobos (« vagabond » produits par la Grande Dépression), il devient un important porte-parole musical des sentiments ouvriers et populaires. Ses chansons militantes inspirent le renouveau du folk américain des années 1960, à la tête desquelles on trouve des interprètes tels que Bob Dylan, Joan Baez et Phil Ochs. Source wikipedia.*

> *« ... ce qui fait que, pour beaucoup Woody Guthrie, c'était du Country bien sage, même s'il jouait avec des noirs comme Brownie Mcghee[25] »*

Presque pour lui faire plaisir et dans un dernier effort, on reprend *'Take a whiff on me'* péniblement appris. Les choristes réalisent qu'il est déjà treize heures, un peu surpris, sauf à regarder Jack quelque peu épuisé par sa performance habituelle à jouer de la guitare, tout en tirant chacun vers le meilleur de lui même.

L'éparpillement des Roof Singers est toujours source d'un léger regret. On se lance des *« À la semaine prochaine ! »* joyeux mais on sent poindre le regret que cela soit déjà fini pour aujourd'hui. Fiona s'assure discrètement que son petit cercle d'intimes a bien prévu de se retrouver pour *« un petit quelque chose à grignoter ensemble »*.

---

25 *A déguster dans « Better day » par exemple*

Comme un Cercle

Buttes Chaumont, Eté 2023 , juste après la séance du dimanche des Roof Singers

Depuis son entrée chez les Roof Singers l'hiver dernier, Augustin a observé les petites habitudes des choristes, semaines après semaines. En particulier le code social de l'« *after chorale* » qui se déroule en plusieurs étapes. Il faut d'abord évaluer discrètement l'humeur des habitués, envoyer soi même les bons signaux « *Suis pas pressé* » , « *Oui, un petit creux après cette séance* » etc. Puis, sur la base d'un accord tacite, se joindre aux quatre ou cinq *partants-pour-un-en-cas* et prendre ensemble l'ascenseur de la tour. Sans négliger les joyeux « *À la prochaine fois* » rituels. Aujourd'hui et comme souvent, Jack en est avec Bridgit, Fiona et Damiano, un italo-américain tenor et bavard. Juste comme Augustin les aime. Il se joint au petit groupe. On se dirige vers les buttes Chaumont qu'il faut traverser pour rejoindre *« Le Sunny »*, un café situé en face de la sortie de la butte. En ce beau jour d'un été pas encore trop chaud, il y a un monde fou dans le parc. La moindre étendue d'herbe est occupée par des Parisiens en manque de nature. Jack et Augustin ferment la marche, moins véloces que leurs trois amis. Ils restent assez proches pour entendre des bribes d'une conversation animée. Damiano a commencé des explications savantes sur la voix et ses mystères. Il est très vite supplanté par Bridgit qui fait une démonstration d'annonces vocales dans les transports. Elle a eu l'occasion d'en enregistrer beaucoup pour les chemins de fer français et britannique pour lesquels elle a travaillé. Sa voix est forte et fait sourire les passants surpris qu'ils croisent.

«C'était un petit business mais qui fait bouillir la marmite » conclue-elle en riant de concert avec Fiona. Damiano se retourne vers Jack et Augustin, prend un air faussement attristé et les rejoint.

« Heureusement qu'elles nous accompagnent, on aurait un petit coté ROMEO sans leur présence »

« ?... »

« Retired Old Men Eating Out »

Damiano n'a pas renoncé et reprend ses envolées enthousiastes sur *'les voix'* – pas lyriques, c'est déjà ça – et raconte un souvenir de son enfance alors que le groupe arrive au Sunny et s'installe en terrasse. Le lieu est *bobo-branché* et sert un peu de tout le dimanche, du petit déjeuner traditionnel au brunch plus ou moins exotique. Une manière de contenter une clientèle paresseuse et indécise qui débarque progressivement en famille ou par petits groupes.

...

« Si! J'ai entendu la voix de Dieu ! Pas très longtemps mais quand même ! » Ayant enfin retrouvé un peu d'attention, il poursuit la description imagée et drolatique d'un souvenir de sa jeune enfance dans un petit village du sud de l'Italie. Peu avant le départ de sa famille pour l'Amérique.

« J'étais souvent avec mon oncle dans la cabine de projection du cinema de ce petit village des Pouilles dont je suis originaire »

« Genre Cinéma Paradisio ? »

« Si ! Et un jour il y avait eu les 'Dix commandements' du grand Cecil B DeMille ! Tout le village voulait le voir. C'était une version doublée en Italien. Mon oncle a du le passer trois fois de

suite. Le curé a demandé une séance additionnelle dans la salle communale ! Ah cette séquence quand Moïse reçoit les tables ! ... La terrifiante voix grave de Dieu ! ... Je tremblais ... Pour la première fois, j'entendais la voix de Dieu, vous vous rendez compte ?... »

Damiano, l'air inspiré, s'arrête un instant et reprend sous les regards inquiets de ses amis. On le savait bavard.

« J'en avais la preuve, Dieu existait puisque je l'avais entendu ! Sa voix posée et autoritaire était gravée en moi à jamais. Et puis la saison suivante, mon oncle a projeté un film comique de Toto Truffa, comme les Italiens les aiment ... Et là ! surprise, quand un des acteurs - Luigi Pavese - parlait ... mais sa voix ? C'était celle de Dieu. Cette même voix sortait maintenant de la bouche d'un acteur comique entrain de faire le pitre ! ... Mon oncle, me voyant pleurer, a bien essayé de m'expliquer, le cinéma, les voix d'acteurs étrangers doublées par des acteurs italiens, tout ça ... Rien n'y faisait, je ne pouvais plus croire ce qu'on me racontait. Cette histoire de Dieu était une mascarade, j'étais devenu athée ! Instantanément ! » Damiano regarde son auditoire silencieux. Il est un peu surpris par l'effet de sa confession et questionne, triomphant,

« La voix les amis ! Serait-ce la voix dirige nos vies? »

Ce n'est pas Jack qui va le contredire et d'ailleurs il ne dit rien. Le moment est somme toute délicieux pour le petit groupe. Après près de deux heures à chanter, la décontraction règne, ponctuée de ces discussions et d'échanges de souvenirs savoureux. Le tout sans grandes portées philosophiques ni autres, surtout sans certitudes affichées.

« Voilà ! » se dit Augustin *« le Cercle des Certitudes Dispa-*

rues ! Voilà comment appeler cette bande de lurons plus ou moins joyeux. Ça aurait de la gueule pour nous présenter au festival 'Voix sur Berge[26]' de l'année prochaine non ? ». Il renonce, prudent, à proposer cette appellation, connaissant trop bien Jack Lewis.

« L'idée devra être sienne ou ne pas être. On a le temps d'y revenir » pense-t'il en souriant. Bridgit remarque ce sourire et profite de l'accalmie pour embrayer sur une autre affaire, non sans malice,

« *Sans rapport, savez vous qu'il y a un 'gang des rillettes' qui sévit en ce moment en province ?* » De quoi attirer l'attention de Fiona, restée la plus discrète jusque là.

« *Et Oui ! Déjà je ne savais pas qu'il y a des distributeurs automatiques de rillettes mais en plus il y aurait une bande de gourmands - ou de trafiquants ! - qui les dévalisent ces temps ci dans la Sarthe ».* Les regards se concentrent sur Fiona qui pourtant ne dit mot, se contentant de sourire. Elle n'a visiblement pas envie d'évoquer « *son* » charcutier fournisseur des meilleures rillettes du marché. Secret de polichinelle s'il en est. Tout le monde connaissait sa liaison avec Arnaut Ngagar.

...

L'après midi est bien entamée quand chacun quitte le Sunny. Une heure plus tard Augustin est de retour dans son quartier. Cet autre bobo-land[27] se révèle pleinement le Week-End, il suffit de regarder la foule qui déambule nonchalamment, en tribu ou en couple.

...

---

26 *Chaque année, à l'occasion de « Voix sur Berges » des chorales chantent dans différents lieux charmants du 10e arrondissement de Paris.* https://www.voixsurberges.com/
27 SOPI *pour South Pigalle chez les branchés.*

« Un vrai concours de bonnes manières pour savoir qui est le plus cool » pense le tout jeune septuagénaire. En remontant la rue des Martyrs, il a l'impression de faire tache. Question habillement d'abord. Car même les seniors bobo veulent faire oublier leur âge, en se parant de tenues décontractées mais soignées. Le cardigan (sobrement) coloré et la coupe catogan unisexe sont de rigueur. Y compris dans la queue de la boulangerie très cotée du bas de la rue. Celle qui justement attire la foule du dimanche après-midi. Augustin s'y insère. Malgré l'activité intense du personnel à l'intérieur, la clientèle exigeante provoque une longue file d'attente sur le trottoir. Le téléphone d'Augustin sonne, il en est presque gêné. La tendance autour de lui est au texto, au WhatsApp ou autre mais certainement pas à la parlote sur smartphone. Ayant reconnu le numéro de Karl, il répond néanmoins et ne peut s'empêcher de s'enthousiasmer dés les premiers échanges, le téléphone collé à l'oreille. Sa voix de ténor moyen est un peu fatiguée par les efforts de la matinée mais quand on parle à quelqu'un qui appelle de loin, on parle plus fort, c'est bien connu. Et cela dure un peu.

...

« Mais non Karl, je ne suis pas un pleurnichard ! C'est juste que je me demandais si tu allais pouvoir te libérer quelques jours ou pas ! »

...

« Ah que oui ! C'est tout bon pour moi mardi prochain ! À Baden Baden ? J'y serai avec le sac à dos, les bâtons et tout le toutime ! »

Augustin est enthousiaste mais n'a pas le temps d'épiloguer d'avantage. L'homme qui se tient derrière lui dans une file d'attente qui progresse très péniblement, prend un air agacé. Son visage s'empourpre légèrement. Après une longue respiration, il adopte un ton qui se veut badin mais trahit mal une irritation grandissante. Il finit par clamer, sûr et fier de lui,

«*Il y a des limites à tout ! Cette attente est insupportable ! Et la promiscuité d'avantage encore !* »

Sur ce, et d'un mouvement brusque, il fait un pas de côté, lance un regard lourd à destination d'Augustin, puis s'éloigne en marmonnant, suffisamment fort pour être entendu.

« *En plus maintenant, les ehpad laissent sortir leurs pensionnaires pendant les Week End !*»

Augustin l'entend et sourit. Son presque-neveu Manfred lui a bien appris quelques expressions à rétorquer dans ce genre de circonstance mais il n'est pas trop sur de lui. Il sait que, selon Manfred, il ne faut '*pas se laisser calculer*', et que l'on doit pouvoir '*compter sur lui*' question répliques en tout genre. Cependant il renonce. Quitte à devoir faire des maths, il laisse le fat malotru '*prendre la tangente*'. Il n'y aura pas d''*intersection des trajectoires*'. Augustin rentrera chez lui, emplettes faites, l'âme légère.

Quand on s'en coince une.

Fin Aout 2023

Dans le TGV-Est puis Paris

Augustin ressent le bienfait d'une courte mais intense balade de quelques jours en forêt noire. Après avoir quitté Karl et Marx à la gare de Baden Baden, il repense aux performances grandissantes du quadrupède Marx. C'est sûr, ce chien finira par le remplacer, avait-il déclaré à Karl. Le déni indigné de son ami avait fait l'objet d'une de ces belles envolées lyriques qui ont peuplé leurs conversations ininterrompues chaque matin. Elles étaient parsemées de quelques confidences échangées avant de s'attaquer au picnic du marcheur. Ils en conviennent lors de chacune de leurs escapades, cette pause réparatrice constitue l'essence même d'une randonnée réussie. Les marches de l'après-midi ont été consacrées à une mise à niveau réciproque sur les bons livres et les films à ne pas rater. Augustin a accumulé assez de références pour un bon bout de temps.

Il est maintenant assoupi, bercé par le ronronnement du train. Un *'ping'* très sonore le surprend. Il n'est pourtant pas du genre à laisser sa messagerie ou toute autre notification émettre un de ces sons déplaisants. Ceux là mêmes qui pourrissent la vie des voyageurs. Après avoir vérifié les réglages de son téléphone, il lit un message envoyé par Jack. Les affaires courantes reprennent plus vite qu'escompté.

« Augustin, tu rentres bientôt ? Appelle moi vite, on a une espèce d'urgence pour demain après-midi. Besoin de toi à Paris !»

Augustin quitte à regret son fauteuil douillet (tout siège, même en seconde classe de la SNCF, semble l'être après une rando) pour appeler Jack depuis le soufflet entre deux wagons.

...

« Oui ! Oui ! j'ai bien compris, ce samedi en début d'après midi, je serai là ! Mais dis moi seulement pour quoi faire ! »

Il entend mal car le bruit du train couvre la conversation et il rephrase pour vérifier.

« Ah bon ! C'est pour Fiona ? »

Un ralentissement du train lui permet de capter l'essentiel. Jack réunit quelques fidèles pour aller la déménager de chez son charcutier. Elle appellera pour leur dire à quelle heure exacte se pointer.

« Mais ça craint un peu non, il ne va pas nous faire une crise le charcutier ? »

« Ça sera rapide, elle n'a pas apporté grand chose quand elle s'est installé chez lui. Il faut en profiter, il est immobilisé dans son lit depuis une semaine et pour encore quelques temps... »

...

Ils sont quatre à se retrouver dans un café de la place des Fêtes. Autour de Jack, il y a Augustin, Damiano et Bridgit. Ils échangent avec sérieux au sujet des détails fournis par Fiona. Elle et son amant Arnaud se sont disputés, comme souvent semble-t'il, au sujet de leur soirée. Lui, prêt à regarder une série sur Netflix et elle ne voulant pas en entendre parler, prête à sortir et surtout ne pas rester enfermée par une si belle soirée d'été. Arnaud avait saisi une télécommande. Furieux, il s'était jeté sur le canapé. Effet de la précipitation, posture incorrecte à l'atterrissage ou résultat du mauvais œil émis par Fiona ? Un grand cri plus loin, il se tordait de douleur en se tenant l'entre jambe des deux mains, sans que cela ne puisse amoindrir l'atroce souffrance.

« La torsion d'un testicule n'est pas un geste anodin » est la première remarque d'Augustin qui, d'emblée, a diagnostiqué la cause de la souffrance. Il poursuit pour préciser que peut-être s'agissait d'un geste voulu, l'expression d'un non-dit ? On l'arrête vite, d'autant que Fiona envoi un message qui est reçu par les quatre conspirateurs en même temps. Elle sera en bas de son immeuble dans cinq minutes. Il faut y aller. Damiano et Augustin sont les derniers à sortir du café sous l'oeil amusé du patron qui ne se souvient pas avoir vu son petit groupe d'habitués aussi fébrile.

« Damiano, je ne suis pas rassuré moi ! Même s'il est diminué c'est un charcutier quand même ... les couteaux, tout ça ... »

« Tiens ! Moi qui croyait que seuls les italiens étaient réputés être des trouillards ? »

« Je dois avoir une ascendance transalpine... »

« Bon vous vous ramenez les deux traînards ? Fiona nous attend en bas de chez elle »

C'est Bridgit qui est déjà en mission et rappelle à l'ordre les deux incorrigibles bavards retardataires.

« Il ne s'agit pas de lambiner » confirme Augustin fataliste. Opportuniste aussi, il pousse Damiano à accélérer le pas pour rejoindre Jack et Bridgit.

...

« Merci, merci les amis, je ne savais pas comment faire toute seule ! »

Fiona se tient devant l'entrée de son immeuble. Elle est agitée mais visiblement rassurée d'avoir le quatuor auprès d'elle.

« Je reviens de Normandie, il m'a encore envoyé là-bas s'occuper de son atelier ... Je n'en peux plus, faut que je quitte son appartement, que je prenne le large, ... »

Un silence complice l'aide à continuer.

« En plus, c'est le moment, avec tous les 'magic cookies' et les anti-douleurs qu'il a avalés ce matin il est très 'space'... »

« *Alors allons y !* » lance Bridgit qui, sans aucun doute permis, est devenue la cheffe des opérations.

Lorsque les *'déménageurs'* pénètrent dans l'appartement, Arnaud s'agite et ouvre les yeux, le regard est hagard puis devient vite souriant,

« Ah c'est chouette ! Y a toute ta chorale Fiona ! Vous êtes venus me faire un p'tit récital privé ? Pas des Rolling stones, pas besoin, j'suis déjà stoned, Ah ! Ah ! ... » L'amorce d'un rire se transforme vite en mauvais rictus sur son visage. Ce n'est pas une simulation, il se tord dans son lit pendant que Fiona et ses amis s'affairent dans le petit appartement. L'évacuation des possessions de Fiona ne prend pas longtemps. Elle a bien préparé sa sortie. Trois cartons, deux grosses valises, quelques sacs et un fauteuil qui l'accompagnent depuis toujours dans ses déménagements successifs. Fiona insiste pour faire attention à un de ses cartons qui contient des vinyls dont quelques collectors des Rolling Stones. Arnaud est tellement défoncé qu'il ne comprend pas bien ce qu'il se passe, clamant un grand *« Au revoir les chanteurs ! À bientôt ! »* aux déménageurs lorsqu'ils quittent son appartement

...

« Bon ! On a bien tout descendu ? Alors on s'arrache !»

La cheffe désigne la camionnette mobilisée pour transporter les affaires de Fiona. Elle continue,

« J'accompagne Jack et Fiona, on se retrouve à la chorale demain ! »

Damiano et Augustin se retrouvent seuls sur le trottoir et commentent l'opération déménagement rondement menée.

« C'est pas possible cette histoire ! La fuite de l'ex-bien aimée d'un charcutier abusif qui s'est tordu une couille ! On vit ce genre de mauvais plan a 20 ans pas à 70 ! »

Damiano regarde Augustin et lui répond d'un air assuré,

« Mâ ! Mon ami Augustin, regarde moi ! Il m'a fallu du temps pour découvrir qui était derrière la voix de Dieu ! Sois patient, toi aussi tu finiras, un jour, par comprendre pourquoi tu fais ce que tu fais, ou ce que tu ne fais pas ! »

« Peut-être bien, mais le temps presse quand même un peu non, tu ne crois pas ? »

« Viens donc ! On va se prendre quelques verres en grignotant pendant que Jack console Fiona ... Et puis tu as vu comment Bridgit se colle à eux ? Moi je te dis, elle ne veut pas se faire griller auprès du Maestro ... »

« Ou alors elle vise un plan à trois ? »

Damiano regarde l'air sérieux d'Augustin puis éclate de rire.

« Le maestro Jack m'avait prévenu, il m'a dit que tu étais un piètre chanteur et aussi un moqueur cynique, mais c'est pas vrai, tu chantes bien ! En revanche... »

Leurs échanges de l'après-midi restent dans le même style et se poursuivent dans quelques bars et trattorias nichées sur la colline de Belleville qu'Augustin redécouvre[28] avec plaisir. Presqu'à chaque fois, le patron est d'origine chinoise mais, reconnaissant Damiano, il lui lance un magistral *« Ciao ! »*.

Le retour d'Augustin rue des Martyrs, très tard en soirée est laborieux, bien moins que son réveil le dimanche matin. Il fait déjà chaud, la température est typique d'un été parisien qui désormais peut vite virer à la canicule. Il parvient pourtant à s'extirper d'une torpeur bien épaisse. Il est décidé comme jamais à retrouver ses complices à l'occasion de la séance de chorale hebdomadaire. Un trajet sans surprise – une fois n'est pas coutume – l'amène Place des fêtes. Il évite l'allée d'Arnaud Ngagar, on ne sait jamais. Pourtant il le sait, on ne reverra pas le charcutier de sitôt sur le marché sans que cela n'étonne grand monde en Juillet. Vacances obligent, les clients, les bobos surtout, le désertent. Ce faisant, il rate les commentaires des commerçants dans son allée quand ils évoquent entre eux un accident de travail du charcutier dans son atelier en Normandie. Augustin est en retard et retrouve la chorale presqu'au complet pour une séance qui démarre sur les chapeaux de roue. Aucune allusion n'est faite à l'expédition de la veille qui, à dire vrai, n'a concerné que cinq des présents. On ne reprend que les morceaux déjà bien connus, à se demander si Jack n'a pas, lui aussi, eu une soirée prolongée et agitée. De fait, tout le monde s'en contente. Il fait maintenant très chaud, autant aller au plus facile. Pourtant, juste avant le dernier chant que propose Jack, Fiona prend la parole, le visage apaisé et bardé d'un léger sourire.

---

28 *Il n'y est pas passé depuis longtemps. C'était lorsqu'il s'amusait à suivre les pas d'un certain Malaussène (La saga Malaussène est un cycle romanesque de Daniel Pennac)*

« Les amis ! Je tiens à remercier quelques Roof Singers qui ont bien voulu m'aider hier dans un moment difficile. Je sais que beaucoup ici présents auraient pu le faire aussi ... » Elle s'interrompt, ne sachant plus trop comment continuer et Bridgit en profite.

« Jack, c'est bien 'Walk right in' la suivante et dernière pour aujourd'hui ? Alors allons y !»

Pendant que Jack saisit sa guitare, elle s'adresse au groupe.

« Figurez vous qu'hier on a pu aider notre Fiona à déménager de chez un garçon qui s'en était coincée une ... et plutôt grave ! »

Sans laisser le temps à l'auditoire de se ressaisir, elle commence une démarche digne de *John Cleese* des *Monty Python* dans le sketch *'Ministry of silly walks* [29].

« Oui je simule comme je peux ! Imaginez ! Ce n'est pas facile de se déplacer pour un mec dans cet état là ! » . Ce disant elle place furtivement une main dans l'entrejambe en grimaçant de douleur. Son déhanchement surprend et impressionne car Bridgit n'est pas vraiment svelte. Damiano et Augustin se regardent furtivement et, sans la moindre hésitation, lui emboitent le pas – si l'on peut dire, vu la nature de la démarche – sous le regard ébahi des autres choristes. Très vite, tout le monde s'y met et reprend,

Walk right in, sit right down ...

Certains affichent un certain talent à imiter *John Cleese*. En dépit du chahut, on continue à chanter.

---

29 *Monty Python est le nom d'une troupe d'humoristes rendue célèbre grâce à la série télévisée Monty Python's Flying Circus dont la diffusion commença à la BBC le 5 octobre 1969 et qui se poursuivit durant 45 épisodes jusqu'au 5 décembre 1974. La troupe était composée de six membres : Graham Chapman, John Cleese, Eric Idle, Michael Palin, Terry Jones et Terry Gilliam.*

Everybody's talkin' 'bout a new way of walkin'

Do you want to lose your mind?

A treize heure pile – il était temps – Jack pose la guitare et le petit groupe hilare se disperse. A l'exception des quatre déménageurs et de Fiona qui, sans se concerter, savent déjà qu'ils vont se restaurer ensemble et évoquer leur exploit de la veille.

La petite bande s'installe dans leur café habituel et les collations arrivent rapidement. Jack prend alors son verre, un air solennel et la parole.

« Les amis, j'ai une proposition à vous faire ! Regardant d'abord Fiona puis le reste de l'assistance,

« Je vous emmène à Londres assister au retour des Rolling Stones ! Ça se passera à Hackney, mercredi prochain, j'ai eu des places ! »

Le silence interrogatif et admiratif de son audience le force à préciser,

« Bon ! C'est juste une conférence de presse dans un grand théâtre de Londres, pour annoncer la sortie prochaine de leur dernier disque... Alors, je me suis dit, juste pour les revoir en chair et en os ... »

Le premier a réagir est Damiano,

« Hum, désolé les amis, je ne pourrai pas en être, je suis, on va dire, un peu en disgrâce de ce côté là du channel, une ancienne amitié nord-irlandaise incompatible ... »

On ne lui demande pas de détails, pas le genre du petit groupe. Jack ne renonce pas, il en faut plus,

« Et vous autres ? »

« Suis un peu juste en ce moment, tu sais Jack » s'aventure Bridgit.

« Pas de souci pour ça, je vais récupérer une voiture et hop là ! Un coup d'Eurotunnel qui fait des prix en ce moment et on y est ! »

Fiona est restée en retrait. Elle sait qu'Augustin est de tous les coups avec Jack. Elle le fixe du regard, comme pour vérifier. Sans hésiter il s'adresse à elle en souriant.

« Bah Fiona ! Allons-y ! Ça va te changer les idées ! »

Fiona acquiesce d'un léger mouvement de la tête. Elle se souvient du projet de son ancien amant de l'emmener à Londres *'pour lui faire plaisir'*. C'était après une de leurs nombreuses disputes. Elle n'en parle pas. Elle a juste besoin d'air. Pendant le court silence qui s'en suit, Augustin en profite pour lancer une oeillade discrète à Damiano, histoire de lui télé-transmettre son incompréhension : pourquoi les choses se passent-elles ainsi et pas autrement ? Le message est court.

« Improbable non ? ». Il a considéré que la transmission télépathique par regard se faisait à bas débit.

« Bien ! Alors on partira à quatre dimanche prochain ... Mon ex est d'accord pour nous accueillir à Douvres. Notre fille Helena et sa petite famille y séjournent cette semaine. Et le lendemain matin, direction Londres pour l'empire theatre d'Hackney ! »

Puis se tournant vers Augustin, il lui lance en aparté

« Je ne sais pas ce que tu as raconté à Helena mais elle s'est mise en tête de faire la tournée des grands mères d'Arthur car ils partent de nouveau chez Sabine dans sa tanière en haute Ariège »

Augustin ne dit rien, il se contente d'accuser réception d'une télé-transmission discrète en provenance de Damiano.

« Avanti tutti ! »

Le message est aussi court que celui qu'Augustin lui a envoyé. Dans les deux cas, en vérité, il a suffi d'un simple clin d'oeil …

Y a pas d'âge

Douvres puis Londres, début Septembre 2023

Le véhicule récupéré par Jack s'avère assez confortable pour les quatre passagers et file rapidement vers Calais et le tunnel sous la Manche. Les conversations sont légères, on ne parle pas du déménagement de Fiona, encore moins de l'état de santé d'Arnaud. Les Rolling Stones avant tout ! Voilà la consigne implicite. D'autant que la sono de la voiture s'avère très bonne. Alors on se fait un concert en mettant aux votes les titres à écouter. Un consensus de bon augure fait l'ouverture avec *'Happy'*, un morceau plutôt ancien mais qui dégage. Augustin faillit dire *« qui déménage »* mais s'est abstenu à temps. On en est à *'Out of Control'* lorsque le véhicule arrive au tunnel.

« *Faudrait peut-être baisser le son quand on arrivera devant la guérite de la police des frontières ?* » Interroge Augustin, aussitôt interrompu par Jack.

« *On est trop vieux pour susciter l'intérêt, mais maintenant Bridgit, rassure moi, tu n'as pas ramené de magic cookies de Fiona avec toi ?* »

Fiona fait signe non de la tête mais Bridgit intervient.

« *Détendez-vous les inquiets, j'ai mieux que ça …* »

Une légère appréhension se lit sur les visages des occupants du véhicule.

« *Une fois entré dans le Shuttle, je vais vous faire les annonces prévues pour les passagers. Celles qui sont diffusées en cas de problèmes dans le tunnel, c'est du lourd !* »

« ? ... » L'interrogation persiste en dépit du soulagement., car avec Bridgit, tout reste possible.

« J'ai fait les enregistrements de la voix féminine rassurante qui vous explique que ce qui se passe n'est pas grave, qu'il suffit de suivre les instructions pour quitter le Shuttle et passer dans le tunnel de secours etc ... Un vrai régal ! Je me souviens des textes par coeur tellement il a fallu les recommencer et les répéter. L'intonation rassurante, voilà la clé ! »

Le véhicule est invité à monter et à se garer dans un wagon de la navette. Le train-navette est à peine entré dans le tunnel quand Bridgit se redresse sur son siège, prend une pose contrite avant d'entamer un premier communiqué annonçant d'une voix douce et chaleureuse un incident mineur, pour commencer. Elle continuera pendant tout le trajet à égrainer les annonces de plus en plus dramatiques. Augustin n'a jamais pris le tunnel sous la manche et trouvera les vingt cinq minutes de traversée très longues.

...

L'arrivée à Douvres des quatre Parisiens chez Mary prend vite un air de fête de famille. Le lieu, une bâtisse du dix-neuvième siècle mal entretenue est louée par l'évêché anglican. Il n'est pas d'une extrême beauté mais parait très vaste. Mary avait beaucoup travaillé dans les années 90[30] pour le compte de l'évêché, aidant les migrants qui débarquaient d'Europe, sans papiers. Elle avait pu faire louer et aménager sommairement ce bâtiment pour des hébergements d'urgence. Jack et elle n'y vécurent pas ensemble longtemps. En revanche leur fille Helena y passa son enfance et y retournait réguliè-

---

30 Voir « Soixante dix-Sept »

rement. Et justement Helena, Manfred et le petit Arthur attendaient avec impatience l'arrivée de Jack et de ses amis.

...

« *Les réunions de famille, c'est comme le poisson, si elles durent trop longtemps ça peut vite sentir mauvais. Aussi on repartira demain matin vers notre objectif, Londres !* ». Jack a prévenu son petit monde dés la sortie du tunnel. Histoire de justifier ce bref passage à Douvres. Il voulait soulager la pression chez ses deux amies, Fiona et Bridgit car elles n'avaient jamais rencontré la tribu Lewis. C'était mal les connaître, les deux femmes sont ravies ! Très curieuses de voir comment se comporte leur Jack avec ses proches. D'autant qu'Augustin en rajoute volontiers. Dés l'arrivée chez Mary, il commence à moquer ce Maestro qui ne peut pas supporter plus d'une soirée en famille. Il faut dire que son petit-fils Arthur lui réserve un accueil détonnant au moyen de pétards qu'il fait claquer dans le grand jardin attenant au domicile, avec l'aide d'Augustin bien sûr, « *Grand artificier devant l'éternel* », ainsi qu'il le précise. Bridgit sympathise avec Helena pendant que Fiona propose son aide à Manfred pour la préparation du repas. L'énoncé du menu prévu inspire à l'Ecossaise le simple qualificatif d' *'Interesting'*, trahissant l'effet d'une certaine surprise, pour ne pas en dire d'avantage.

« *Je vais commencer par préparer une sauce pour l'Aile de Raie qu'on aura en entrée. En France ils l'appellent Grenobloise, je ne sais pas pourquoi ... peut-être parce que la mer est loin et qu'il faut masquer le goût de la dite aile quand elle a trop lambiné avant d'arriver à ton assiette ...* »

« Oh my gosh, skate wing ! ... »

« *Maintenant si tu veux m'aider à équeuter les girolles ...* »

Augustin n'est jamais loin quand on prépare un repas.

« Manfred, en dehors des champignons, tu ne parles pas beaucoup légumes ce soir ? »

« Oh la ! Tu vas encore me chambrer, genre un jeune sur cinq connaît la différence entre une courgette et un concombre ... »

Manfred ne se démonte pas. La suite des échanges est à l'avenant mais ne perturbe pas la préparation du repas. Mary reste discrète orchestrant néanmoins le bon déroulement de la soirée. On se retrouve vite réunis autour d'une grande table. La soirée est agréable et sans excès. Il faut dire que les parisiens ne sont pas les seuls à quitter Douvres le lendemain. Manfred, Helena et Arthur vont retourner sur le continent pour passer une semaine chez l'autre grand-mère d'Arthur, Sabine de Gargan. On a diné tôt et et le succulent repas prend fin alors que la soirée semble avoir à peine commencé. On s'accorde pour effectuer une promenade digestive (précise Augustin) en se rendant à *St Margaret's Beach*.

...

La lumière déclinante sur les falaises crée une atmosphère particulière. Les ombres et l'abondance des recoins le long de la côte seraient ils propice aux discussions plus ou moins sérieuses ? Voire aux petites confidences ? On ne s'en prive pas, en déambulant sur la plage quasi déserte. Même au mois d'aout les bords de la Manche ne sont pas pris d'assaut. Surtout quand il fait frais comme ce soir. Le jeune Arthur court sur le sable, poursuivi par ses pères et grand-pères en alternance. Histoire de pouvoir suivre la cadence infernal de l'enfant. Manfred en profite pour continuer, par petites séquences, une de ses réflexions sur l'I.A. dont il a le secret. Sa conclusion du jour amuse Augustin.

> *« J'aime me prendre la tête avec un humain, pas avec une IA qui en plus deviendrait politiquement correcte ! »*

Le couché de soleil passé, la fraicheur se transforme en froideur. Il est temps de rentrer et on se dirige vers la digue. Fiona ferme la marche. Elle aperçoit Augustin au devant, presse le pas pour le rejoindre et lance sur un ton neutre,

> *« Tu sais Augustin, en fait, il était déjà prévu que je vienne à Londres, c'était écrit ... ».*

Le silence qui s'en suit, n'appelle pas de commentaires. Une performance pour le septuagénaire qui n'en reste pas moins perplexe. Ils rejoignent sans rien dire le groupe devant eux.

...

Le quatuor parisien débouche après deux heures de route sur *Mare Street* dans le quartier de *Hackney* en banlieue Est de Londres. Il y a déjà pas mal de monde à attendre *'l'arrivée des vieillards'*, comme dit en souriant un voisin de trottoir. Malgré l'imminence de l'évènement, la foule n'a rien à voir avec celles dont Jack et ses amis se souviennent, lors des concerts de leur jeunesse. La petite foule assemblée est plutôt sage, l'âge moyen y contribue, mais pas seulement. Les temps présents sans doute ...

> *« Pas sereine l'époque, ça n'aide pas ! »* ose Augustin qui exprime le ressenti partagé.

Un peu triste l'époque en vérité. Il n'y a pas cette fièvre insouciante qui le prenait avant tout concert des Rolling Stones ou d'autres grands du rock. Il semble même qu'on attende aujourd'hui au tournant les survivants d'une bande qui fût rebelle. Plus ou moins voyeur et curieux de ce qu'ils vont pouvoir annoncer *'à leur âge'*.

L'arrivée d'un taxi met fin à l'introspection des uns et des autres. Lorsque trois silhouettes s'en extirpent, on ne peut s'empêcher de se hisser sur la pointe des pieds afin de ne pas rater l'évènement. De vrais groupies parmi d'autres qui dévorent des yeux l'arrivée de *Keith Richards, Ron Wood* et *Mick Jagger*. Les trois hommes descendent du véhicule, paradent lentement puis, presque goguenards s'avancent sur le tapis rouge devant l'entrée du théâtre historique de l'Est Londonien. Tout un chacun connaît l'âge des membres du trio et secrètement envie leur allure tranquille, leurs minces silhouettes aux visages ridés à l'extrême mais souriants. Les lunettes de soleil arborées en rajoute un peu. Le service d'ordre est très présent mais peu agressif, gardant la petite foule à distance pendant que les vedettes se dirigent vers l'entrée du *Hackney Empire Theatre*. Il faut dire aussi que la dite foule est elle même très policée. Jack tient précieusement les billets et entraine ses amis pour s'approcher au plus prés. Il n'en revient toujours pas d'avoir pu obtenir les sésames pour assister à cet événement. Certes, ce n'est pas un concert, il s'agit de la présentation du dernier album « *Hackney diamond* ». Avec une conférence de presse tenue dans ce vénérable lieu de divertissement d'un quartier qui a vu les débuts des Rolling Stones. Les trois vétérans ont repris leur progression vers l'entrée des artistes après une courte séquence photos. Moment choisi par Keith Richards pour retirer ses lunettes noirs et lancer un regard pétillant aux spectateurs. Augustin est posté dans les premiers rangs sur le trottoir. Il croit revoir dans ce regard pétillant l'étincelle dont lui avait parlé Pondok. C'était il y a prés de cinquante ans, lorsqu'il évoquait sa rencontre avec ces jeunes anglais et surtout avec Brian Jones, disparu peu après son passage au Maroc. Une telle fascination pour les Rolling Stone ! Augustin s'étonne un peu de la résurgence du souvenir de cette période bien lointaine. Pourtant, il comprend vite ce qui l'a vraiment déclenché. A quelques mètres devant lui, se tient une robuste silhouette vêtue d'une djellaba marron rayée de lignes blanches. Il croit reconnaître quelqu'un, mais ce n'est pas possible ! Pondok ? Il aurait plus de cent ans ! Il n'a pas le temps d'alerter Jack car déjà la foule est autorisée à pénétrer. La petite cohue lui fait perdre de vue la silhouette.

La prestation des trois vétérans dure à peine une demi heure[31], les trois *« cool guys »* font leur numéro, interviewé par Jimmy Fallon, animateur de télévision américain, devant un public aux anges et bien sage.

…

« C'était court, mais quelle pêche ces gaillards ! » déclare, jaloux, Jack en s'éloignant des portes du théâtre. Les Parisiens sont sortis dés que les vedettes ont quitté la scène pendant la diffusion de la video de *Angry,* premier titre du nouvel album. Bridgit hèle ses compagnons,

« Vite, on a encore une chance de les revoir à la sortie »

Ils se regroupent sur le trottoir face au théâtre pour voir les héros du jour. Ils ne sont pas les seuls et on se bouscule un peu.

« Il est encore là ! Regarde Jack ! » Ce dernier n'a pas le temps de répondre que l'homme pointé par Augustin à une dizaine de mètres devant eux, sort de dessous sa djellaba un grand panneau qu'il déplie soigneusement. Il le tient maintenant à bout de bras en criant. On distingue mal ce qu'il dit, en revanche l'intervention immédiate d'agents de sécurité le font virevolter et on voit sur le panneau la photo agrandie de Brian Jones. Eternellement jeune. La suite

---

31 *À déguster sur you tube https://www.youtube.com/watch?v=nWNZLkJJaXo*

est rapide. Le pauvre hère est entrainé fermement vers la petite place qui jouxte le théâtre devant le *Hackney Town Hall*. Ce faisant il passe devant le quatuor ébahi. Doublement surpris. Ils reconnaissent Arnaud Ngagar. La première, Fiona s'écrie,

« *On ne peut pas le laisser comme ça ! Après tout il n'a rien fait de mal !* »

Augustin et Jack se regardent, l'air las. Ils se dirigent calmement vers le petit groupe formé par les agents, Arnaud et deux *constables* arrivés à la rescousse. La petite assemblée se tient à côté d'un palmier un peu anachronique en ce lieu. Il faudra quelques minutes de palabres menées par Jack pour qu'au final on laisse Arnaud Ngagar quitter les lieux avec les parisiens. La séquence action est terminée. Augustin ne peut s'empêcher de commenter ce qui vient de se passer.

« *Bon, visiblement ça s'est décoincé dans l'entrejambe chez le charcutier, il galoperait presque maintenant !* ». Puis s'adressant à Jack.

« *Tu vois, voilà une différence notable avec ce qui peut se passer à Paris ! Toi un black, tu obtiens des flics locaux un 'lâché de suspect'. Respect mon ami !* »

« *Si respect il y a, c'est qu'ici, ils ne sont pas armés ...* », lui répond, laconique Jack.

Fiona s'est rapprochée de Bridgit, ne sachant que penser ni dire. C'est finalement Arnaud Ngagar qui prend la parole, comme à regret. Il bredouille quelques mots de remerciement à l'intention de Jack puis fixe les autres visages de ceux qu'il a maintenant reconnu. Il se fige un peu en voyant Fiona qui elle ne dit pas un mot. Il reprend,

« Je devais le faire, pas le choix ! C'était une promesse ! ... »

Les quatre Parisiens l'entourent maintenant, lui assurant une espèce de protection, comme pour lui laisser le loisir de continuer avec un peu plus d'assurance. Ou plus exactement de reprendre tout à zéro car pour l'instant l'affaire reste confuse, confirme Augustin. Arnaud semblait attendre ce moment.

« Mon père ou plutôt mon géniteur butinait beaucoup et avait deux familles, l'officielle bien catho traditionnelle, avec plusieurs enfants bien élevés et 'l'autre' dont je suis l'unique rejeton. Lorsqu'il est décédé d'une crise cardiaque, dans un bordel à ce qu'on m'a dit, ma mère m'a parlé de 'l'autre famille'. Elle m'a fourni les coordonnées d'une demi-soeur qui habitait au Maroc à l'époque. La jeune femme s'était fâchée avec sa famille. Je n'ai aucune idée comment ma mère avait pu suivre les membres de la famille légitime de mon géniteur, en tout cas elle n'était pas rancunière ! Le Maroc était une destination de choix pour les jeunes européens à l'époque, je portais le même nom que cette demi-sœur et j'avais dix-sept ans ans. Je suis parti la voir »

Le silence, toujours aussi assourdissant de ses sauveteurs, l'engage à poursuivre. Il se tasse un peu et reprend sur un ton monotone, de plus en plus confidentiel.

« Je l'ai retrouvé à El Manjra dans le nord du Maroc. Son couple n'était au beau fixe car son compagnon s'était avéré être un macho de première. Il la laissait s'occuper seule de leur fils tout juste âgé de deux ans et la faisait trimer à la ferme pendant qu'il gérait, je ne sais quoi, dans la ville voisine de Chechaouen ».

Augustin faillit l'interrompre en entendant d'abord le nom du village puis en réalisant qu'un puzzle se complétait inexorablement. Il se tait, il ne faut pas gêner le dévoilement du destin. Jack ne dit rien non plus, tout aussi abasourdi. Arnaud poursuit son monologue,

« J'étais arrivé sans le savoir au bon moment pour elle - elle s'appelle Sabine - car le soir même elle m'a demandé de l'aider à quitter le Maroc avec son enfant, mais sans traverser la ville la plus proche où son compagnon Samir passait le plus clair de son temps. Elle voulait prendre l'itinéraire à travers la montagne que des amis à elle avait déjà pratiqué dans le passé »

Arnaud respire profondément avant de vite reprendre,

« Et puis elle m'avait montré sur ses bras de traces de coups quand elle se protégeait de la violence de Samir ... »

Cette fois c'est Jack qui faillit s'étouffer à l'évocation de Sabine et de son sort. Il fixe Augustin toujours muet pendant la description de la fuite de Sabine et de son fils, aidés par cet Arnaud Ngagar. Ils avaient parcouru la montagne, dans le sens inverse de leur propre périple quelques années auparavant. Les deux hommes parviennent à garder le silence de peur de faire perdre le fil au charcutier. C'est ainsi qu'il continue à l'identifier. Et ils ne sont pas déçus. Bridgit est elle aussi captivée par le récit. À la différence de Fiona, anéantie depuis la retrouvaille inattendue avec son ancien amant et qui évite de croiser son regard. Arnaud Ngagar raconte maintenant leur passage au village de Jarjhouka....

« Je sais, ça va vous paraît dérisoire. J'avais fait une promesse à un vieil homme de ce village, un des joueurs d'un instrument strident, qui nous a accueilli avec tant de générosité. Il fallait que je vienne un jour narguer ces ingrats de la bande des Rolling Stones crée par Brian Jones. Il me l'avait fait promettre ! »

Ça y est, il s'est vidé en quelques minutes et reste immobile, le regard lointain. Une pluie de commentaires et de questions s'abat lorsqu'Augustin et Jack expliquent leur lien avec Sabine. Arnaud, maintenant rétabli, soupire,

« Alors je vous connais depuis toujours ! Ma sœur, enfin ma demi-soeur m'a tellement repassé à l'époque le film de votre arrivée dans la ferme, chez elle. C'était, je crois, peu de temps après s'être fait répudier par son père. Elle était installée avec ce Samir, en plein bonheur à l'époque, m'avait elle dit »

Les regards de nouveau étonnés de l'assistance lui laissent le loisir de continuer, *« Une vraie séance de psy »* ne peut s'empêcher de penser Augustin. La boite de Pandore est ouverte. On ne pourra plus l'arrêter.

...

« ... et donc ce nom Ngagar, soit disant d'origine pseudo-hongroise n'est qu'une anagramme de ce Gargan dont je ne voulais pas entendre parler... Ni d'ailleurs Chapuzot, le nom de ma mère. C'était moins classe et pas assez mystérieux quand on veut frimer chez les Normands »

Augustin est peu convaincu par l'argument. Il est resté très patient jusqu'alors et l'interpelle, un peu abrupt,

« Et Sabine ? Elle ne nous a jamais parlé de toi ! Pourquoi donc ?»

« Dés notre arrivée en France, on s'est séparé, elle est restée avec son petit garçon dans le sud-ouest aidée par des connaissances et moi je voulais retrouver mes potes musiciens, j'étais très punk à l'époque ... Avant de revenir au bon vieux rock ... Et puis, silence

radio, comme si rien ne s'était passé. Faut comprendre ! Autant elle que moi ne voulions revivre ces moments difficiles de la fuite du Maroc, ni entretenir le lien de cette parenté imposée »

Jack et Augustin s'observent de nouveau, il avaient eux aussi perdu de vue Sabine après leur passage au Maroc. Pour ensuite se retrouver à Paris quelques années plus tard. En revanche, elle n'avait jamais fait allusion à un demi-frère présent lors son départ précipité. Bridgit, debout sous le palmier, manifeste un peu d'impatience à écouter ce qui finalement ressemblait de plus en plus à une confession . Elle sort le petit groupe de sa torpeur,

« Allons au pub, le Baxter en face, il a l'air bien ! »

Il faudra quelques tournées pour aider à digérer les révélations et réchauffer les coeurs. Enfin surtout ceux de Fiona et d'Arnaud qui daignent enfin s'adresser la parole. Il finit par lui demander comment elle va, expliquant qu'il allait rentrer dés ce soir à Paris. Il reste vague sur ses intentions, évoquant ses activités en Normandie qui malheureusement périclitent, suite à des actes de vandalisme sur ses distributeurs de charcuterie.

On le laisse partir sans en lui demander plus. Tout en se questionnant sur l'avenir de la rillette française car la démarche légèrement claudiquante d'Arnaud Ngagar, alias de Gargan, trahit un malaise persistant du côté de l'entrejambe.

* * *
*

Improbablement vôtre

On devrait toujours être légèrement improbable

Oscar Wilde

Tiroir du fond (épilogues, au choix)

Par tous les bouts de la chandelle.

Improbablement vôtre

La consommation, seule fin et seule raison d'être de toute production ? [32]

Paris et Beaumont-le-Roger, Septembre 2023

Le retour du quatuor parisien s'effectue le lendemain sans histoire. Question musique, on quitte tacitement le registre des Rolling Stones en s'autorisant un bon vieux *Procol Harum* avec *'Souvenir of London',* fort à propos, avant de glisser vers d'autres vieilleries sympathiques. Bridgit et Jack se partagent la conduite pendant qu'Augustin et Fiona oscillent entre le commentaire touristique et l'envie *'d'en parler'*. Le passage à Hackney est dans tous les esprits. Par petites touches, Augustin l'encourage pourtant à se confier et elle finit par se livrer.

...

« *Oui, j'en suis encore amourachée ... Il avait l'air tellement fragile hier, je ne l'avais jamais vu comme ça ...* »

Augustin ne peut plus voir uniquement le charcutier derrière cet Arnaud Ngagar devenu Arnaud de Gargan. Et surtout, il a une folle envie d'en savoir plus, à commencer par connaître la version de Sabine. Lui autant que Jack se croyait très proche d'elle, ne serait-ce qu'à travers Manfred, Helena et Arthur, et pourtant ... Alors il se lance.

«*Fiona, à notre arrivée, tu voudrais bien contacter Arnaud pour moi ...* »

« *? ...* »

---

32 *Et oui ! C'est d'Adam Smith.*

« *J'aimerais bien aller lui rendre visite dans son domaine en Normandie ...* »

« *? ...* »

C'est ainsi, Augustin ne renonce jamais. La conversation commence sous l'oeil d'abord surpris mais vite complice de Jack qui parvient à le regarder dans le rétroviseur tout en conduisant.

« *Je crois que déjà on a été dure avec lui l'autre jour et puis maintenant après cette folle journée hier et la révélation sur sa demi sœur ! Tu sais que nous la connaissons bien Jack et moi ...* »

Il s'interrompt un court instant et adopte un air dubitatif pour terminer.

« *Enfin, nous croyions bien la connaître !* »

« *Je veux bien essayer ...* », finit par dire Fiona qui paraît n'avoir entendu que la question initiale.

Jack a continué à suivre l'échange via le rétroviseur et sourit. Il connaît son complice. Augustin ne le déçoit pas.

« *Merci Fiona, je suis sûr que Jack voudra bien contacter la sœur d'Arnaud, elle est 'l'autre grand-mère' de son petit fils Arthur après tout...*

« *Demi-soeur* » ... reprend Fiona devenue très attentive

« *Oui pardon – enfin voilà, cela serait bien non ?* »

Il y aura, une fois rentrés à Paris ce soir là, des coups de fils, des discussions, des reproches vite ravalés et puis au final une évidence. On irait ensemble visiter une petite ville de Normandie. Il faut admettre que la fin proche du séjour montagnard de Manfred,

Helena et Arthur chez Sabine tombe bien. Ils sont sur le retour vers la capitale. Alors, on ne lambine pas, c'est vite décidé : dés leur arrivée à Paris, on se fera une journée à *Beaumont-le-Roger* chez Arnaud. Augustin se charge de prendre des billets de train pour tout le monde, en incluant une Sabine qui se révèle très motivée, à sa grande surprise. En revanche Bridgit a déclaré forfait, elle en a suffisamment vu et fait avec cette tribu dysfonctionnelle. Quitte à le regretter plus tard car elle le sait,

« *Avec eux, on ne s'ennuie pas* »

...

Selon Augustin Triboulet, deux catégories de groupes de voyageurs bruyants peuvent gâcher les voyages en train. Il y a la bande d'ados en pleins délires, toujours prêts à jouer, vanner et s'agiter dans tous les sens, parce que … parce que la vie est devant eux ! Et le pack de retraités qui aimeraient bien en faire autant, ne peuvent pas et miment la jeunesse en faisant presqu'autant de bruit à parler haut et fort et à faire semblant de chahuter … parce que, voilà, la vie derrière eux est bien plus longue que celle devant. Qu'en est-il de cet assemblage un peu remuant qui s'est installé à la gare Saint-Lazare dans le train pour la Normandie ? Il est constitué de la petite tribu Lewis à laquelle s'accroche Sabine, accompagnée de Fiona, toujours un peu lointaine et d'un Augustin résolu à conclure l'enquête du moment. Sait-il lui-même ce qu'il espère trouver chez Arnaud *Ngagar* alias *de Gargan* (ou l'inverse) ? La clé serait-elle en cette petite bourgade historique normande de Beaumont-le-Roger où il officie ?

...

« Bon ! Fiona, dis nous donc, avant qu'on y débarque, c'est comment ce petit coin de paradis normand ? »

Jack se veut ironique pour détendre l'atmosphère mais réalise vite que son sarcasme fait long feu.

« Oh moi, vous savez, à part le trajet de la gare jusque la ferme-atelier... ». Elle s'arrête comme pour revivre en pensée son dernier passage puis reprend.

« Ah si ! Il y a cette rivière, la 'Risle' je crois, une fois que j'étais venu à la demande d'Arnaud, elle avait disparu, plus d'eau sur plusieurs kilomètres avant de resurgir un peu plus loin. Elle était sortie de son lit, sous terre ... »

On s'attend à plus de détails mais Fiona s'arrête net. Augustin se croit drôle en ajoutant,

« En parlant de lit, j'espère qu'Arnaud n'y est pas et qu'il nous attend comme promis à la gare ... »

Le regard consterné de ses compagnons de voyage lui font réaliser son égarement. Curieusement Fiona ne le tance pas.

« Vous allez me trouver bizarre mais j'ai hâte de le revoir ... »

Le silence pourtant approbateur génère un léger malaise mais Manfred sort - fort à propos - la boite du jeu *Dixit*[33] et termine sa très courte explication des règles par un axiome qui lui est cher,

« Toutes choses égales par ailleurs, ce jeu est le miroir de l'âme »

---

33 *Dixit est un jeu de société créé en 2008 par Jean-Louis Roubira et illustré par Marie Cardouat1. Régis Bonnessée a participé à sa création et sa société Libellud édite le jeu.*

Le calme qui s'en suit et qui se maintient jusqu'à l'arrivée en gare de Beaumont-le-Roger confirme le raisonnement d'Augustin. Ce petit groupe est au final peu bruyant, n'appartenant ni à l'une ni à l'autres des deux catégories de voyageurs en goguette. Ils auraient raté la descente du train si Fiona ne les avait pas houspillé pour quitter leurs sièges à temps.

...

Arnaud sort d'une estafette garée devant la gare et se dirige à pas incertains vers les voyageurs qui en sortent, menés par Arthur pressé de se dégourdir les jambes.

« *Bienvenus à Beaumont-le-Roger, terre de Robert d'Artois !* » A part les lecteurs des *'Rois maudits'*, peu connaissent ce Robert. On remercie néanmoins l'aimable hôte d'un geste de tête poli avant de sacrifier au rituel des présentations. Enfin, surtout le clan Lewis et associés. Les autres se connaissent déjà, un peu trop peut-être. Sabine et Arnaud se saluent sobrement en échangeant les mots d'usage, sans plus. Augustin note avec surprise qu'aucun ne semble mal à l'aise à l'occasion de cette retrouvaille après de si nombreuses années sans contact.

« *Ils savaient ce qu'ils faisaient après tout ...* ». Se dit-il, un peu frustré par l'absence d'explications. L'apparente indifférence de Sabine ne le surprend pas, il la sait peu versé dans l'effusion. Elle s'est laissée rapidement convaincre de se joindre à *'l'expédition normande'*. Il en est convaincu, ce n'est pas pour rien. En revanche, Il s'attendait à une quelconque réaction spontanée de son demi-frère, or celui-ci se limite à inviter la petite troupe à prendre place dans son véhicule, un vénérable Citroën Type H de très bonne apparence dont l'intérieur aménagé permet d'assoir les six adultes.

« Bon, avec le petit en plus, on est un peu hors capacité mais sur les genoux de quelqu'un ça ira non ? »

Une fois les passagers installés, il précise,

« Et puis j'habite à dix minutes d'ici ... »

Arthur est fasciné par le véhicule et s'amuse avec une fenêtre après avoir découvert la manivelle qui l'active. Arnaud ne dit rien, concentré sur son trajet qu'il commente.

« ... on traverse la Risle, là il y a de l'eau ... »

Augustin pense un instant l'interrompre et préciser que parfois elle disparaît. Il se retient, ayant croisé le regard sévère de son censeur Jack. Arnaud continue ses explications d'un air emprunté.

« La ville a été reconstruite après la guerre mais il y reste de belles ruines comme cette belle Abbaye sur la droite. On sort de la ville, encore trois kilomètres et on sera arrivé au Trou salé, là ou je me suis installé il y a une vingtaine d'années... »

Un bruit sec l'interrompt. La manivelle n'a pas résisté aux sollicitations d'Arthur. Arnaud se retourne brièvement vers l'enfant.

« Oh ne t'inquiète pas mon petit gars, c'est le problème avec les vieux plastics ... » Puis il reprend.

« Après la visite de mes ateliers, on mangera chez moi, j'ai préparé un repas normand du feu de Dieu, promis ce ne sera pas trop salé ! »

L'enthousiasme du conducteur contraste avec la retenue des passagers, très inhabituelle il faut bien l'admettre. Sa manière brouillonne de conduire n'aide pas non plus. Heureusement, il y a peu de monde sur la petite route de campagne emprunté. Fiona finit par briser le silence lorsque la camionnette s'engage sur un chemin assez chaotique. « *L'accès à ta ferme ne s'est pas amélioré ...* »

La visite commence dés l'arrivée au lieu dit *Trou salé*. La ferme, qui d'ailleurs n'en n'a jamais été une, est constituée d' longue maison traditionnelle bordée de deux bâtiments plus récents et assez hideux. Le tout constitue un domaine isolé en forme de U. Après une petite collation et des escale techniques, Arnaud convie son petit groupe de visiteurs – toujours aussi peu loquaces – à voir en premier le 'l'atelier-laboratoire' et lieu de fabrication des rillettes. Dés l'entrée une photo sur une affiche donne le ton. On y voit Arnaud entouré de membres de la 'Confrérie des Chevaliers des Rillettes Sarthoises'[34]

« *Là où j'ai fait mes classes en charcuterie fine !* » souligne Arnaud plutôt fier. La grande salle dans laquelle les visiteurs pénètrent constitue le dit laboratoire. Toutes les étapes de la fabrication de la rillette de porc sont explicitées sur des posters affichés sur le mur derrière un établi en céramique qui s'étale sur toute la longueur.

1. Coupez la barde de porc et le maigre de porc en cube.
2. Faites revenir le gras jusqu'à ce qu'il soit légèrement doré. Le gras doit avoir fondu.
3. Ajoutez le maigre de porc. Laissez revenir trente minutes.
4. Laissez cuire l'ensemble à feu doux et à couvert pendant trois heures.
5. Égouttez les rillettes : enlever la graisse et la réserver.
6. Ajoutez le sel et le poivre.
7. Rajoutez de la graisse selon votre goût : idéalement la graisse doit être à fleur des rillettes.
8. Remuez un peu puis déposez les rillettes dans les ramequins.
9. Pour finir, laissez refroidir deux heures à température ambiante avant conservation au frigidaire

---

34 *Celle là même qui assure le rayonnement des rillettes du Mans*

Quelques schémas et des images de filament viande ornent le mur. Augustin s'attendrait presque à entendre en fond sonore *« Faut que ça saigne »* des *Joyeux Bouchers* de *Boris Vian*. Mais déjà Arnaud s'avance dans l'atelier-laboratoire suivi par ses visiteurs en file derrière lui.

« Bon, en fait, il n'y a pas vraiment de secret de fabrication, faut juste être propre et méticuleux » précise Arnaud. Il arrive à la dernière étape. Une petite table encombrée accueille le groupe. Arnaud s'en approche sans hésiter et soulève quelques couvercles, découvrant un assortiment de pots de rillettes et quelques baguettes. Il tartine quelques petites tranches de pain avec le résultat de sa production sortie d'un bocal labellisé *'Rillettes de Ngagar 2024'* en lettres vertes sur fond beige. Arthur n'est pas le dernier à gouter puis à y revenir. Arnaud ouvre une bouteille de *Saumur-Champigny* puis une autre.

« Les rillettes sont aromatisée et plus grasse que la charcuterie crue, c'est une charcuterie cuite qui appelle un vin rouge, mais attention, il faut du structuré. Cela devrait faire l'affaire »

On goûte, on savoure et on s'assure qu'on a suffisamment bien goûté – les rillettes et le vin – afin de pouvoir échanger doctement sur la question. Les langues se délient. Helena interroge Fiona sur les circonstances de sa propre découverte de la rillette. Jack interroge Sabine sur des goûts et textures de produits équivalents dans ses montagnes. Agustin boit et mange. L'hôte, ravi, montre à Arthur les différents équipements. L'égouttoir géant a un certain succès auprès de l'enfant qui commençait à s'ennuyer sérieusement. Les conversations vont bon train et Arnaud confie ses soucis de distribution.

« Les marchés sur Paris, ça ne suffit pas et j'avais investi dans des machines automatiques installées dans les alentours pour écou-

ler ma production et voilà qu'on me les pille ! On me casse les distributeurs automatiques que j'ai installé, on me vole mes bocaux ! 'un gang des rillettes s'attaque aux producteurs de cochonnaille, c'est comme dans la Sarthe' m'a dit la gendarmerie' ! Sans rien y faire ! Ah quelle misère vraiment ! »

Alors on le console, on va chercher une autre bouteille et Arnaud s'enhardit,

« Les amis, je souhaiterais continuer notre parcours vers un autre atelier ... Mais peut-être que si quelqu'un voulait bien se dévouer et emmener Arthur rendre visite à mes brebis, cela serait mieux, je crois »

Helena et Manfred se regardent.

Le « J'y vais, je connais déjà les lieux » de Fiona est suivi d'un « Y a des bébés moutons? » d'Arthur. Les parents donnent leur accord. Fiona et Arthur partent en courant.

Dés que son petit monde est sorti de l'atelier-laboratoire de rillettes, Arnaud ferme soigneusement la porte et entraine le groupe dans un long couloir sombre. Tout en marchant, il montre une autre porte sans s'arrêter. La célèbre langue tirée et aux lèvres rouges des *Rolling Stones* s'y étale sur toute la largeur.

« *On y passera après, la déesse peut attendre un peu* » lance mystérieusement Arnaud en souriant. Augustin a retrouvé sa forme, les rillettes sans doute, et confirme fièrement,

« *Kali, déesse à la peau bleue et aux quatre bras, tirant une longue langue rouge écarlate, symbole pour les Hindous de la destruction et du temps* »

Comme souvent, ses amis prêtent une attention limitée à ses propos et suivent Arnaud. Il atteint l'extrémité du couloir, pénètre dans une grand salle sombre après avoir déverrouillé une porte décorée avec un superbe dessin d'un énorme baobab. Il se retourne face à ses visiteurs,

« *Bienvenue dans mon atelier-aux-herbes ...* »

La première à réagir est Helena qui se penche vers Manfred et Sabine,

« *Je me disait aussi, cette odeur dans le couloir ...* »

« *Y a pas photo...* » confirme Sabine en clignant de l'oeil, pendant qu'Augustin, Manfred et Jack s'extasient en entrant. Devant eux se dresse une rangée de tentes en plastique opaque. Chacune baigne dans une lumière néon blanche qui éclaire de vigoureuses plantes d'un vert éclatant. Augustin, dans ses écarts d'immodestie, pratique souvent l'aphorisme au moyen d'une phrase courte, une sentence brève, histoire d'énoncer une banalité fondamentale. En avançant dans la grande pièce, et même s'il hésite un peu, il ne résiste pas longtemps,

« *La rillette ça peut mener loin quand même !* » Suivi d'un sifflement admiratif.

Entre temps Arnaud s'est dirigé vers une console, y manipule quelques interrupteurs et lance une musique faite d'accordéon, de cuivre et de guitare électrique. Le vaste lieu est soudain envahi par un son d'abord nostalgique qui s'emballe vite..

« *Tiens écoutez moi ça, c'est pas du tout neuf mais c'est tendre, ça donne la patate et comme on va causer culture ...* »

Augustin n'en croit pas ses oreilles il a tout de suite reconnu *'Les ongles noirs*[35]*!'* les champions de *'sale musette'*, leur slogan. Il clame : « *C'était à la fin du siècle dernier !...* », pas mécontent d'étaler sa culture musicale. Arnaud est impressionné et lui lance un regard reconnaissant. Il entraine ses visiteurs devant la tente la plus proche. Vue de plus prés, elle ressemblerait bien à celles que l'on voit dans les films de sciences fiction, équipées pour la cultures dans une colonie spatiale.

« *C'est du matériel dédié à la culture 'indoor' avec rayonnement interne* ». Il se penche. Un large sourire éclaire son visage, il lance, comme dans un écho improbable à la pensée Augustinienne,

« *Bon ! Maintenant c'est un genre de culture un peu différente et qui n'est pas aussi facile qu'on pourrait le croire* »

Son auditoire s'agglutine autour de la tente.

« *Pour faire pousser cette herbe un peu particulière et surtout obtenir qualité autant que quantité, il faut être très bien équipé et organisé. D'abord, la faire pousser en simulant les saisons au moyen de ces lumières programmables : on passera d'une alternance jour-nuit de 16h-8h à 12h-12h, de la phase de croissance à la période de floraison. Il faut aussi veiller à la bonne température.*

« *Et c'est toi qui décide et déclenche la transition ?* » s'enquiert Manfred.

« *Et oui, si tu considères que c'est la fin de l'été, alors hop ! Tu déclenches ! Comme un petit dieu des saisons !* », s'enthousiasme Arnaud en éteignant puis allumant le néon le plus proche.

---

35 *Les « ongles noirs », au départ, 3 musiciens (guitare, accordéon et contrebassine) puis à 4 et enfin 5 (cuivres et batterie) ou parfois plus.*

« *Mais attention faut assurer après coup ! Bonne humidité etc ...* »

Manfred est très intéressé par les détails techniques et se fait expliquer les différents équipements de la tente et leurs usages. Le déshumidificateur – « *surtout en Normandie* » précise le guide – pour garantir 70 % d'humidité pendant la croissance et 50 % pour la floraison. Le chauffage – « *C'est vital ! 20 degrés en mode jour et ça baisse en mode nuit* » – le ventilateur avec filtre à charbon actif – « *la clé pour éliminer, enfin diminuer, les odeurs* ». Et pour couronner le tout, un petit tableau de bord pour contrôler l'ensemble. Tout à fait de quoi fasciner Manfred.

« *Mais je ne suis pas allé jusqu'à un arrosage automatique* » précise Arnaud.

« *Et ça, c'est pourquoi ?* » demande Augustin en pointant un extincteur intégré.

« *Ah ! C'est mon côté parano, il se déclenche automatiquement. Si je ne suis pas là et qu'un feu se déclare avec tout ce matériel, ça craint. Je ne souhaite pas vraiment qu'on découvre cet atelier ...* »

Le sourire d'Arnaud s'efface vite pour revenir à son sujet et il abreuve ses visiteurs d'information sur les espèces cultivées « *les longilignes et les basses, avec des effets différents. On se spécialise suivant les usages ! Un peu comme pour les tisanes non ?* », Il évoque aussi les types de graines, « *celles féminisées qui donnent de belles fleurs, les graines mâle qui donnent des plantes munies de petits sacs sous la feuille* ». Augustin doit se mordre les lèvres pour ne pas demander ce qui se passe si on tord ces petits sacs propres aux mâles. Heureusement Arnaud est intarissable et il est déjà revenu à la culture.

« L'important est de bien contrôler la hauteur des plantes. Déjà selon moi, 1,5 m c'est presque trop sur un mètre carré sous la tente. J'y mets quand même cinq plans dans une bonne tourbeuse légère et bien aérée, avec un arrosage bien contrôlé et puis avec l'aide de ceci... » Il sort d'un tiroir une petite boite, en sort une pipette *« il faut introduire des agents dédiés en additif à la floraison, histoire d'orienter le caractère »*

« Et avec des goutes de calvados, peut-être ? » demande Augustin sur un ton faussement naïf.

« Tiens je n'ai jamais essayé ! » ricane Arnaud qui reprend, balayant l'interruption.

« Je vous passe le détail, sachez néanmoins que quand ça monte librement, c'est vite touffu. Avec le grillage que vous voyez, en bas des plans, 'chaque tige dans une cage et de la lumière pour tout le monde', comme je le dis souvent ! »

Il range dans le tiroir la pipette qu'il tenait encore dans sa main et en sort une paire de lunette.

« Vous voyez, faut s'équiper ! J'ai même des lunettes de soleil spéciales, dédiées usage technique ! Avec toutes ces lumières artificielles ... »

Arnaud s'écarte finalement de la tente.

« Clairement, le passage critique de cette culture est la fin de la croissance lors de la floraison. Les dangers naturels sont légion ! Champignons , moisissures, parasites, insectes et surtout le mauvais

timing ... Il faut surveiller très régulièrement, arroser juste ce qu'il faut, stopper les éventuels dégâts ... Ne pas rater le moment crucial de la récolte ... »

Il reprend son souffle,

« Ces dernières semaines, pendant mon immobilisation forcée, j'ai demandé à Fiona de venir régulièrement s'occuper de mes chères plantes, je lui dois beaucoup ! ...», il reprend, intarissable,

« Ah oui ! Ma petite touche personnelle, c'est d'avoir un fond sonore pendant la phase finale de croissance, je la termine d'ailleurs toujours avec 'les ongles noires' de tout à l'heure. Histoire de se préparer à la récolte et de se rappeler de ce qui se passe si on oublie les gants quand on manipule les plantes après les avoir coupées ... »

« Et aussi garder des feuilles pour les décoctions ou tisanes ... » ajoute Sabine, à la surprise de ses voisins.

« Je vois! Connaisseuse ! Mais à vrai dire, nous autres, on ferait plutôt dans les 'magic cookies'. Fiona a quelques recettes de Maajoun à base de canabis, miel et amandes pilées, un vrai délice ! On pensait même en vendre, comme les rillettes, dans un distributeur automatique, mais après ce qui s'est passé dans mon parc, ça me refroidit un peu ... »

« Un peu risqué aussi ? » s'autorise Manfred

« Faut anticiper mon jeune ami ! La légalisation du canabis ? Crois-moi ça va venir ! Ça coute trop cher à la société de réprimer l'usage sans cesse et sans aucun effet. Le seul gros problème que je vois, c'est de remettre tous les gens des filières de la contrebande et de la vente dans la légalité et au travail ! »

Augustin approuve d'un mouvement de tête,

« Je dois reconnaître, rien qu'en Allemagne mon ami Karl me dit qu'avec la vente légale des 'magic cookies', la culture et le marché ont explosé »

Jack est resté en retrait pendant toutes les explications. Il ne peut s'empêcher d'intervenir, s'adressant d'abord à Augustin,

« Il t'a dit aussi ton pote ex-flic que les pédopsychiatres se régalent à l'avance ? Ils vont se faire du beurre avec tous ces très jeunes fumeurs complètement dézingués et désespérés qu'on va devoir leur confier ! »

Puis, comme pour forcer le changement de sujet, il désigne une ouverture percée dans le mur prés de l'entrée, il demande à Arnaud,

« Il n'y a pas de fenêtre, dans cette salle, je peux le comprendre, mais cet espèce de passe plat à côté de l'entrée ? »

« C'est pour l'odeur, je ventile vers l'extérieur. Mais cela n'est pas toujours suffisant, ni possible, il y a quand même du passage par ici ... ». Il s'arrête pensif, avant de continuer comme pour lui-même,

« Ces deux mondes, celui de la rillette et maintenant de l'herbe, normalement ils ne cohabitent pas ! Et pourtant ... Mais non, je ne m'aventurerai pas dans la 'rillette magique'. Et puis d'ailleurs les essais ne sont pas concluants, le gôut n'est pas terrible et l'effet sur la digestion est catastrophique »

Augustin le regarde incrédule puis remarque ses compagnons en errance entre les tentes. Ils paraissent bien occupés à scruter les plants et l'appareillage complexe qui les équipe. Grace à l'évitement de

Jack, on vient d'échapper à un long débat sur la légalisation du cannabis. Soulagement, car cela fait maintenant près d'une heure que les visiteurs sont arrivés au *Trou Salé*. Personne ne semble déçu du voyage, le propriétaire s'avère être un curieux personnage, plutôt sympathique plein de surprises. La variété de sa production 'décoiffe' ainsi que Manfred le confie à Helena. Sauf qu'on a parlé de tout, sauf du passé. Pas de celui dont *'il faut faire table rase'*, non ! Celui, tenace, qui a laissé des plaies ouvertes. Il n'est pas le seul à faire ce constat. Sabine croise son regard, il la sent tout aussi frustrée, voire irritée par la légèreté des propos d'Arnaud depuis leur arrivée. Elle n'a pas fait grand-chose pour amorcer une conversation avec lui non plus, réalise Augustin. Son sang ne fait qu'un tour.

« *Foi d'Augustin Triboulet, on ne peut pas en rester là !* ». Il s'apprête à mettre les pieds dans un plat par ailleurs inexistant dans *'l'atelier-aux-herbes'*. Mais Arnaud le coiffe sur le fil en quittant sa rêverie. Il refait surface et s'adresse au groupe proposant d'aller visiter l'atelier suivant, le *'Studio'*, avant d'aller diner dans son gite.

« *Je vais chercher Fiona et Arthur, je vous laisse y aller par vous même. C'est la porte avec la langue rouge, elle n'est pas verrouillée, pas comme celle-ci !* » précise Arnaud en ricanant. Tout le monde étant sorti, il ferme à clé la porte de l'atelier. Augustin n'est pas rancunier. Certes, il était prêt à poser les questions qui fâchent mais il se satisfait de voir le groupe passer à autre chose. Qui sait ! Cela déliera peut-être les langues. Il se contente de commenter l'illustration sur la porte maintenant fermée à double tour :

« *Une belle herbe aussi ce baobab non ?* »

Où on en apprend un peu plus sur le gang des rillettes et bien d'autres choses encore.

Beaumont-le-Roger, toujours le même jour...

Le passage dans l'*atelier-aux-herbes* n'a pas duré très longtemps, en dépit de l'impression laissée chez certains. Suffisamment pour imprégner les narines, voire un peu plus. Les visiteurs sont d'une humeur résolument joyeuse. Ils retournent sur leur pas, la démarche légère et se retrouvent devant la porte aux lèvres rouge de l'*atelier-studio*. En entrant, guillerets dans une salle aux lumières tamisées, moins grande que la précédente, ils découvrent un tout autre décor. Le mur face à l'entrée est couvert de posters géants des Rolling Stones. Différentes époques cohabitent. Un énorme agrandissement photo un peu flou trône au milieu. Celui d'une photo de Brian Jones. L'ensemble est affiché au dessus d'une longue et large étagère qui porte des équipements techniques dignes d'un studio de musique des années soixante dix. Sur la gauche de la pièce, quelques fauteuils, pas de première jeunesse, font face à un mur blanc. Un video projecteur accroché au plafond complète ce qui visiblement est un coin-cinéma. Le petit groupe ignore les fauteuils et se dirige vers le mur opposé, attiré par une collections d'objets et de photos de format divers que les visiteurs commentent à voix basse comme dans un musée. Les photos et autres souvenirs encadrent une vêtement agrafé sur le mur. D'apparence laineux, marron à rayures blanches, enfin qui furent blanches. Augustin et Jack identifient vite le vêtement..

« *On dirait bien une djellaba !* »

« Comme celle portée par Arnaud à Hackney ... »

Fiona arrive à son tour, seule, dans l'atelier-studio et rejoint les visiteurs qui sont maintenant accaparés par *'le mur des souvenirs'* ainsi qu'Augustin le baptise rapidement. Elle ne marque aucun intérêt pour la collection hétéroclite de souvenirs et s'adresse au petit groupe.

« Bon bein, le petit, il préfère jouer avec les moutons, Arnaud a pris la relève et reste avec lui ... »

Helena lance un coup d'oeil à Manfred et ne la laisse pas en dire d'avantage

« J'y vais, cela permettra à Arnaud de revenir et poursuivre la visite, je crois qu'il aura des questions ... »

Augustin est ravi, les affaires vont reprendre, il en est convaincu. L'humeur est légère. Les protagonistes se lâcheront ils enfin ? Alors qu'Helena s'éloigne sans tarder, Fiona a juste le temps de lui indiquer le chemin vers l'enclos des animaux avant de s'installer confortablement dans un des fauteuils. Elle semble savourer le moment, puis reprend sur un ton neutre,

« En fait, il y a longtemps que j'aurais du vous parler de la passion dévorante et quasi délirante d'Arnaud pour les Rolling Stones ... »

« Et de Brian Jones en particulier, n'est ce pas Fiona ? » ajoute Augustin sous le regard étonné de Sabine qui paraît troublée.

« Et puis aussi, je savais pour le show des Rolling Stones à Hackney » réplique Fiona sans préciser ce qu'elle savait, ni relever le ton moqueur d'Augustin. Il se demande si l'atmosphère de l'ate-

lier-studio n'accentue pas le comportement évaporé qu'on lui connaît déjà. Elle paraît être sur un nuage prête à la confession,

« À moins que cela ne soit ce fumet, cette légère odeur d'herbe qui a su trouver son chemin jusqu'au studio » pense Augustin.

Jack s'approche, s'assied à côté de Fiona et invite les autres à en faire de même, comme si un show allait bientôt commencer. Augustin, Manfred et Sabine sont à peine installés qu'Arnaud pénètre dans la salle, maintenant libéré de sa surveillance d'Arthur. Il se dirige tout naturellement vers une des consoles de la partie technique du studio et déclenche l'allumage du vidéoprojecteur. Sans dire un mot, il se pose prés du mur couvert de souvenirs alors que la séance démarre avec un affichage qui s'étale en grand sur la totalité de l'écran.

Brian Jones presents
The Pipes Of Pan At Joujouka

Arnaud déclare d'une voix off,

« C'est aussi le titre d'un vynil, pas très connu, il faut l'admettre. J'ai repris sur internet quelques videos des ' famous musicians de Jajouka' comme les appelait Brian Jones. Il y a aussi des images d'époque ... »

Jack et Augustin se regardent, n'en pensent pas moins. Le silence règne jusqu'au moment où un son strident qu'ils reconnaissent très bien, envahit la pièce. Arnaud se croit obligé de commenter,

« Oui, les Rhaïtas à pleine puissance, ça peut surprendre ... »

Jack reste très attentif à la musique produite par la confrérie de joueur de Rhaïta – défaut professionnel du musicien – à la différence des autres spectateurs qui seraient plus enclins à se boucher les oreilles. Augustin médite sans broncher. Il est comme happé par le souvenir du périple éprouvant effectué des dizaines d'années auparavant. Il croit même reconnaître le fameux Pondok jeune, dans un des extraits des années soixante qui est projeté. La séance se termine au bout de quinze minutes. Elle a semblé durer un demi-siècle, agression faite aux tympans comprise. Le silence salvateur revient ainsi que la lumière tamisée qui reprend le dessus. Sabine s'agite sur son siège, le regard vide. Elle n'y tient plus et se met alors à raconter l'histoire de son départ précipité du Maroc.

« Quand tu es arrivé Arnaud, je n'en pouvais plus et je commençais à m'inquiéter pour toi Manfred » Elle reprend son souffle et continue. Son auditoire silencieux la sent à la peine mais sait qu'elle revit son passé et ne s'arrêtera plus.

« Manfred, tu avais juste deux ans, Samir était exécrable avec moi, pas avec toi. Mais je craignais que cela ne dégénère un jour ou l'autre ... Aussi quand ce demi-frère m'est apparu de nulle part – excuse moi Arnaud, c'était bien le cas – j'ai voulu immédiatement en profiter pour me sauver de cette situation dingue, on dirait toxique aujourd'hui non ? »

Arnaud quitte le mur protecteur où il était resté campé pendant la projection et finit par s'assoir lui aussi. En suivant son déplacement, Augustin identifie une ouverture dans le mur, identique au passe plat de l'atelier-aux-herbes. Il comprend mieux le pourquoi de l'odeur persistante dans le studio.

« Décidément, cet Arnaud multi-tache mélange un peu toutes ses affaires ».

Il ne partage pas son constat à voix haute, car déjà Sabine reprend son récit. À voir la détermination sur son visage, rien désormais ne peut, ni ne doit l'interrompre.

« Le retour devait se faire via la montagne pour éviter Chechaouen et Samir. Je me souvenais de la visite de Jack et d'Augustin quelques années auparavant. Ils m'avaient à l'époque donné tous les détails de leur parcours, y compris le passage au village de la confrérie des joueurs de Rhaïtas » elle s'interrompt pour regarder Arnaud.

« Tu étais très jeune, à peine sorti de l'adolescence à l'époque mais costaud, j'étais rassuré par ta présence pour m'aider et partir avec Manfred »

Arnaud écoute Sabine quasi religieusement. Son visage s'éclairant peu à peu lorsqu'elle décrit le départ discret de la ferme de bon matin avec le minimum de bagage et un sac à dos bricolé pour porter un enfant. Des souvenirs quelque peu refoulés lui remontent quand Sabine décrit la longue marche dans la montagene, puis le passage par le village de Pondok.

« A notre arrivée dans Jahjouka nous sommes vite tombés sur lui. Il mélangeait un peu les noms des visiteurs qu'il accueillait régulièrement mais le passage du 'hippy et du grand noir trompetiste' l'avait marqué. Mis à part Ornette Coleman. il n'avait pas eu de visites de musiciens noirs. Et aussi (elle regarde Augustin et Jack) *votre passage avait coïncidé avec une prestation particulièrement réussie de la confrérie. La simple référence à vous deux avait suffi pour qu'il nous accueille à bras ouverts ... »*

« Et puis Sabine, tu l'avais scotché en lui parlant en arabe ... »

Arnaud s'adresse pour la première directement à Sabine.

« Le souvenir vivace de cette épisode de jeunesse s'est finalement frayé un chemin tortueux dans son cerveau » pense Augustin. Il est lui même un peu secoué par l'évocation de sa propre jeunesse, peu sage il est vrai. Arnaud profite de la surprise de Sabine pour continuer le récit sans qu'elle ne s'y oppose.

« Pondok nous a hébergé, nous les trois fuyards, car Sabine portait la trace de coups sur les bras. Je ne sais pas ce qu'elle a expliqué exactement au sujet de son compagnon, mais elle avait visé juste. Sans être féministe au sens occidental du terme, Pondok ne pouvait pas accepter qu'une femme soit mal traitée. Un mari violent avec sa famille n'était pas un 'homme bien' selon ses termes »

« À la différence de son jeune frère, qui l'aidait et la ramenait en France » poursuit Sabine maintenant à l'unisson avec Arnaud qui enchaine.

« On est resté chez Pondok plusieurs jours à se reposer avant de reprendre la route et finalement sortir du pays sans encombre »

Arnaud se lève et se dirige vers une petite commode située à l'entrée. Il en sort une vieille enveloppe jaunie. *« Le show continue »*, se dit Augustin, fasciné par ce *charcutier-artiste-jardinier* et descendant des *de Gargan* qui revient et fait passer quelques photos sorties de l'enveloppe. Elles proviennent d'un polaroîd sans âge. Quelques clichés de Sabine et du petit Manfred, d'Arnaud avec à ses côtés Pondok tenant le disque vinyl 'Brian Jones presents The Pipes Of Pan At Joujouka – 1968'. Il y a aussi un portrait de Brian Jones. Jack se fait le porte parole de la stupéfaction générale.

« La ressemblance est étonnante ... »

« Oui, on m'a dit ça à l'époque ... et j'ai pas mal changé » s'amuse Arnaud en caressant une bedaine naissante. Il reprend immédiatement l'air sérieux qui l'anime depuis l'arrivée des visiteurs. Sabine sourit et reprend,

« Je crois bien que cela avait troublé Pondok. Je me souviens t'avoir traduit ce qu'il avait raconté. Surtout sa tristesse quand il avait appris le décès de Brian Jones, rejetés par ses amis des 'pierres qui roulent' ... »

Sabine et Arnaud dialoguent maintenant comme s'ils étaient seuls.

« Mais tu étais trop préoccupée par la suite de notre voyage avec ton petit garçon pour réaliser ce que Pondok attendait de moi »

« ? »

« Un jeune du village m'a rapporté qu'il était très en colère contre les autres membres du groupe et il m'a fait promettre de tout faire pour entretenir le souvenir de Brian et de leur faire savoir à ces mauvais amis ... »

C'est au tour de Sabine de réaliser qu'elle n'avait pas tout gardé en mémoire.

« J'avoue que le sort de ces foutus rockers étaient le dernier de mes soucis ... »

« Je crois que j'ai beaucoup abusé aussi de ce qu'on me faisait fumer ... En tout cas j'ai pris cette 'mission' très au sérieux »

Jack et Augustin échangent un sourire complaisant. L'histoire n'est pas terminée, les deux vieux complices en sont convaincus. D'autant qu'Arnaud se met maintenant à évoquer son enfance triste, seul avec sa mère que le paternel De Gargan entretenait et visitait de loin en loin. Et puis son immense déception lorsqu'une fois retournée en France, Sabine avait fini par l'ignorer.

« Vivre dans la deuxième famille de mon géniteur était déjà difficile mais en plus me faire rejeter par une demi-sœur découverte sur le tard et ingrate ... »

Sabine écoute sans broncher. La culpabilité n'est pas son truc.

« Te souviens-tu quand même que je suis passé te voir ? Tu étais à fond dans ta musique, un vrai punk asocial ... On n'avait qu'une chose en commun, ce triste individu qui nous avait donné un nom ! Et puis de toute façon, je n'avais que Manfred en tête ! »

Arnaud s'affaisse dans son fauteuil. Elle poursuit sur un ton ferme.

« Que notre paternel fût un individu peu recommandable, ça je peux le confirmer. Sais tu Arnaud qu'il avait travaillé pour la 'Regie des kifs et des tabacs du Maroc [36]*'. On se faisait beaucoup d'argent avec le kif - ça n'a pas changé d'ailleurs - et notre 'géniteur' a tout perdu après le décret du 24 avril 1954 qui mit définitivement fin à cette période de légalisation, en rendant invalides tous les articles qui concernent le cannabis. Perdus l'argent et le pouvoir ! Alors l'individu vilipende l'administration, se fait virer et finit par traficoter. Il s'éparpille et laisse sa famille se débrouiller, préférant s'en constituer une deuxième plus restreinte et docile »*

Un silence de plomb s'installe, la pièce est pleine du métal létal, pourtant Augustin voudrait bien en rajouter. Lui aussi en a un peu sur le coeur. Sabine n'avait pas soufflé mot de cette histoire lorsqu'elle lui avait demandé, des années plus tard, d'héberger Manfred.

---

36 *confié ensuite a la banque de paris et des pays bas, devenue par la suite Paribas*

Mais il n'a pas le loisir de l'exprimer. Fait rare le concernant car elle poursuit aussitôt.

« Oui c'est vrai je ne voulais plus avoir affaire avec un quelconque membre de cette famille de Gargan, toi y compris Arnaud ! »

Elle se tourne vers Augustin,

« Ni envie de partager ce lourd héritage avec mes amis les plus chers ! Même dans les périodes les plus difficiles, comme quand je t'ai demandé d'aider mon fils en partance pour la capitale ...»

« Ah oui ! Le 'presqu'oncle'... » finit par grincer Augustin en faisant un clin d'oeil à Manfred.

Manfred est resté silencieux pendant tout le temps de la séance de déballage. Il connaissait par sa mère l'histoire et la raison de leur départ du Maroc. Elle ne s'en était jamais caché. Il avait fallu grandir et vivre avec l'indifférence d'un père à son égard. Le dialogue entre sa mère et Arnaud concrétisait juste le récit. Il n'est pas un orateur né, il se décide pourtant, esquissant une espèce de diversion.

« Arnaud et Augustin, mes anges gardiens ? Il manquait juste un autre A avec Arthur[37] *...»*

Du bruit dans le couloir annonce opportunément l'arrivée tonitruante et bienvenue de l'enfant suivi par Helena.

« J'ai faim ! », clame l'enfant, non sans se faire gentiment remonter les bretelles par Manfred pour son irruption impolie. L'enfant n'est cependant pas dupe car son père – lui même animé par un petit creux – a tempéré son message d'un sourire complice. Arthur

---

37 *Le lecteur ou la lectrice inconditionnel des aventures d'Augustin Triboulet, se rappellera peut être du surnom donné au très jeune Arthur, « Triple A » (dans « Bazar et nécessité »). Une commémoration involontaire ...*

remarque aussi l'attitude inhabituelle de sa grand-mère qui s'est tournée vers lui en lui tendant les bras. Pas son genre, les câlins en public.

« *Mami-Sa, après manger, je te montrerai les moutons, ils sont trop drôles !* »

Augustin profite de l'intermède pour enfin se lâcher sans que personne ne s'en plaigne vraiment.

« *Maintenant qu'on a vidé les sacs et si on remplissait les panses ?* »

...

Le repas se tient dans le gite qui se révèle être presque aussi vaste que les ateliers. Arnaud avait préparé une table avec nappe à carreaux et vaisselle rustique dans le très grand salon du rez-de-chaussé. Sans attendre, le petit groupe s'installe au hasard, qui n'en n'est pas un. Le clan Lewis à un bout, Augustin, Fiona et Arnaud côté cuisine d'où Arnaud sort divers plats froids qui, on le devine aisément, ne lésinent pas côté charcuterie. Les conversations sont légères. Celles, entamées lors de la première collation avant la visite, reprennent naturellement. Sauf que l'on ne reconnaît plus Sabine. La 'nettoyeuse de préjugés', souvent froide dans ses propos, telle que ses amis Parisiens aiment la décrire, paraît assagie et comme libérée. Personne n'a envie d'en rajouter. Il suffit à Augustin de regarder Manfred et de se souvenir de l'arrivée chez lui de ce '*Rastignac du numérique*' perdu dans ses pensées autant que dans Paris. C'était il y il y a prés de vingt ans[38].

---

[38] Dans « Capilotades exquises » qui n'est pas disponible en librairie. Mais l'auteur se fera un devoir de ...

« Bien secret ce gamin ! M'avait jamais parlé de tout ça ! » maugré Augustin.

Arnaud et Fiona assurent le service, sans devoir se concerter ni s'adresser la parole, échangeant quelques regards furtifs très parlants. Le repas s'éternise un peu. Le vin aidant, Augustin et Jack affichent une tendance à l'endormissement. D'autres se laisseraient bien tentés par la proposition d'Arnaud pour une petite balade, mais Helena veille au grain.

« Vous avez peut-être réalisé que nous avons raté le train de retour pour Paris ? »

« Ah c'est ma foi vrai, répond, faussement innocent, Arnaud, *mais je peux vous emmener à Bernay, il y en a un plus tard »*, puis s'adressant à Jack et Augustin *« j'ai deux chambres d'hôtes , restez donc pour la nuit ! »*

Les deux hommes se regardent en approuvant d'un hochement de tête de haut en bas, après tout il n'y a pas école demain.

Le petit monde se met rapidement en mouvement pendant qu'Arnaud se dirige vers les ateliers pour en ressortir quelques minutes plus tard avec un grand carton qu'il pose devant Augustin.

« Tiens, pendant mon absence, j'aimerais bien qu'on brûle tout ça dehors ! Tant qu'à faire ! »

En se dirigeant vers la camionnette il précise

« Utilisez la coupelle en fonte à coté de l'atelier »

Sabine monte la dernière dans le vieux Citroën et descend avec difficulté la vitre de sa portière. La manivelle sans doute … Elle regarde Jack et Augustin,

> *« Pas de bêtise les boys scouts ! Et méfie toi Fiona, ils ont du repérer l'armoire aux cookies ... »*

Augustin et Jack lèvent les yeux au ciel en parfaite harmonie et Fiona prend un air apeuré avant d'éclater de rire. Le véhicule s'éloigne sur le chemin vers Bernay pendant qu'Augustin s'active et prépare un feu avec des brindilles trouvés dans la coupelle. Jack saisit le carton apporté par Arnaud et lance par petits paquets, les photos, posters et autres affiches sur le feu. Ils n'ont pas besoin de regarder en détail. Il y est beaucoup question des Rolling Stones et surtout de Brian Jones.

> *« Bon ! L'autodafé a commencé... »*

Fiona regarde la scène, assise prés de l'entrée des ateliers. Elle se lève d'un seul trait et se dirige vers le feu, face aux deux apprentis pyromanes en action.

> *« Je suis vraiment contente qu'Arnaud tourne enfin la page. C'était obsessionnel ... Je n'en pouvais plus »*

Le feu crépite un peu. Aucun autre bruit n'émane de la ferme. Même les moutons se sont calmés. Le départ d'Arthur leur a permis de pouvoir enfin se reposer. Les deux hommes accroupis prés du feu ne disent mot, se contentant d'arborer de concert, un sourire niais. Fiona rompt le silence et décide, elle aussi, de se libérer la conscience sous les regards surpris des deux hommes. Ils s'étaient un peu laissés aller, convaincus qu'on avait déjà bien donné dans le genre confession. Un sursaut de conscience leur font écouter leur amie avec une attention certes un peu amortie mais réelle.

...

« ... vous vous rendez compte ? Ils me faisait faire l'aller retour Paris – Beaumont trois fois par semaine pour surveiller et gérer sa production. Et c'était pire pendant son immobilisation ! »

L'évocation discrète de l'épisode du testicule tordu serait de nature à déclencher quelques plaisanteries douteuses mais Augustin parvient à se retenir. Il en est assez fier.

« Et puis voilà, un jour j'ai craqué, c'était juste avant que je vous appelle à l'aide pour déménager de chez Arnaud »

« ? »

« Car il fallait aussi, lors de chaque passage, que je renouvelle le contenu en pots de rillettes des casiers automatiques ! J'ai attendu la nuit et j'ai fait la tournée des cinq casiers du coin et je les ai tous démolis à coup de masse ! »

En l'écoutant, Augustin s'interroge. Finalement, Arnaud s'était-il tordu la chose de lui même ou avait il été victime d'une agression domestique ? Fiona s'affaisse sur elle même et s'assied à côté du feu en face des deux fumistes qui ne bronchent pas, lançant un regard plein de compassion à leur partenaire de chant. Sans se consulter, ils s'adressent à elle, l'un après l'autre.

« Il n'y pas mort d'homme Fiona, il vaudrait mieux lui dire... »

« Au point où on en est, autant qu'il encaisse toutes les surprises le même jour ... »

Fiona les regarde, l'air vague et finit par hocher la tête de haut en bas. La nuit tombe et la fraicheur s'installe. Jack puise dans un tas de brindilles à coté du mur des ateliers, de quoi ranimer le feu. Certaines portent encore des feuilles sèches et de grandes flammes éclairent ce coin de la cour. On réalise alors vite, mais trop tard, que Jack a puisé dans le tas des résidus issus de la dernière récolte de l'atelier-aux-herbes. Un vent léger disperse la fumée dont l'odeur particulière ne prête pas à confusion. Le fumet acre que certains qualifient de moufette envahit la cour. Un autre signe n'est pas trompeur. La fumée se répand et se concentre dans l'enclos sans que les moutons ne s'en éloignent. Quelques minutes plus tard *« le shit show commence »*. C'est en tout cas ce que Jack clame allègrement. Les phares de la camionnette d'Arnaud annonce son arrivée prochaine au moment où les moutons commencent à afficher un comportement des plus surprenant ; des bonds sur place de plus d'un mètre.

« Le saut en hauteur à quatre pattes, je ne connaissais pas... » commente Augustin, lui même émoustillé par la bise parfumée, avant d'éclater de rire suivi par Jack et Fiona. Personne n'entend le claquement de porte du véhicule qui vient d'arriver dans la cour.

« Mais qu'est ce que c'est que ce bazar! Vous êtes malades de bruler ça ! Fiona tu ne pouvais pas les surveiller un peu ? »

« Qui ça ? Les moutons ? » lancent Fiona en riant de plus belle, toujours accompagnée par Jack et Augustin.

Arnaud devrait se mettre en colère, pourtant à la vue du spectacle des moutons qui sautent en cadence et de plus en plus haut, il finit par s'y mettre lui aussi. Augustin était prêt à lancer *« Angry »*, le dernier titre des Rolling Stones, sur son téléphone mais cela n'est plus d'actualité. De plus, Fiona s'approche doucement du charcutier-jardinier.

« Arnaud, et si on s'isolait dans l'atelier studio, j'ai des choses à te dire ... »

La suite se déroule ensuite en plusieurs temps. Les moutons, épuisés finissent par se calmer. Jack retourne en cuisine et en revient avec un plat rempli de cookies. Augustin réussit à trouver quelques buches et un feu, plus réglementaire, éclaire ce coin de la cour. Les compères s'installent dans deux vieux transats. Fiona et Arnaud sont partis dans l'atelier depuis quelques temps déjà. Augustin décide de googler *'enquête sur le gang des rillettes'* et tombe sur le reportage d'une chaine d'info que les deux hommes regardent avidement en s'esclaffant de temps à autre.

On connaissait les braqueurs de banques, voici maintenant les voleurs de rillettes. En l'espace d'une dizaine de jours, trois distributeurs automatiques ont été pillés dans des communes rurales de la Sarthe : à Solesmes, le 27 mai, à Saint-Jean-de-la-Motte, le 1ᵉʳ juin, et à Saint-Vincent-du-Lorouër, le 6 juin. Propriétés d'éleveurs, les machines automatiques ont été vidées de leur contenu.

Le visionnage à peine terminé, ils perçoivent une suite de bruits sourds et réguliers qui semblent provenir des ateliers dont la porte d'accès est restée ouverte. Il n'y a pas d'erreur possible, surtout lorsque des cris triomphants ponctuent la séquence. Peu après, la séquence se renouvelle à peine couverte par le son de *'Sparks will fly'* des Rolling Stones qui envahit la cour. Jack se dirige vers la camionnette et en ressort avec une musette dont il extirpe son cornet à piston favori. Il s'agit d'accompagner le morceau « *bien allumé* » à la volée. Il s'y attelle, de son mieux vu son état. Augustin s'en moque il est plongé corps et âme dans le *'Voodoo lounge'*. Il ne se rendra même pas compte un peu plus tard de la reprise par Jack du dernier morceau qu'il a ajouté au répertoire des Roof Singers, *'This land is your land'*. C'est heureux, il aurait pu être tenté de chanter.

Stabat mater

Décembre 2023, devant les Bouffes Parisiens, Paris, La Chapelle,

Augustin a découvert tardivement, lu et bien apprécié un psychiatre américain nommé *Richard J. Waldinger*[39]. Sa recommandation principale consiste, comme hygiène de vie, à parler à ceux qu'on ne connait pas. Cela lui convient très bien. La causette avec un voisin dans la queue à la caisse d'un magasin ou dans les transports, n'est jamais peine perdue pour ce bavard de nature. Curieux de tout et de pas grand chose, il a pris cette recommandation comme une reconnaissance formelle d'un talent qu'il exerce en permanence. Au point que ses amis ont inventé un nouveau verbe *'augustiner'* pour décrire cette propension à la conversation anodine avec tout un chacun croisé au hasard. Pourtant ce soir, il *'augustine'* plutôt mal. Son voisin de métro, un jeune barbu, l'a positivement rembarré lorsqu'il s'est extasié devant ce qu'il était entrain de lire, à savoir un essai sur la *Moïra* de la mythologie grecque … Déjà, dans un livre ! Au lieu d'être sur une écran comme tout le monde, de plus sur un sujet plutôt pointu. Mais bon, il n'avait même pas eu droit à un vague sourire poli. Loin d'être vexé Augustin a gardé pour lui sa déduction, facile, sur le fait qu'il y a des jeunes mal lunés comme il y en a des vieux. Il sort maintenant de la station *La Chapelle* d'un pas allègre, content à l'idée de retrouver ses amis. Il se fraye un passage entre les vendeurs de maïs grillé et de cigarettes de contrebande. Les « *Maïsss Maïssss, Maïssss chaud...* » clamés par les grilleurs d'épis maïs installés sur le trottoir couvrent presque les « *Malboro ! Malboro !* » aux 'r' bien roulés, plus discrets des revendeurs de ciga-

---

[39] « *Over nearly 80 years, Harvard study has been showing how to live a healthy and happy life*", sur Harvard Gazette, 11 avril 2017.

rettes. Il n'a pas loin à aller, il rejoint Jack au théâtre des bouffes du nord situé de l'autre côté du boulevard de la Chapelle. Il y règne le capharnaüm automobile habituel. Augustin parvient à le traverser sans se faire renverser et aperçoit Jack qui lui fait signe de le rejoindre devant l'entrée des artistes. Le spectacle à l'affiche est 'Stabat Mater'.

« *Faut admettre, c'est une adaptation un peu particulière. De quoi dérouter Domenico Scarlatti[40]? Pas sûr qu'il reconnaitrait les douleurs de Marie... ni le reste d'ailleurs* »

« *Ça ne joue pas encore ce soir non ?* »

« *Non je viens juste de terminer le training des cuivres avec l'orchestre, des vrais pros, je suis vanné* »

Pendant que Jack prend un sac qui contient son précieux cornet, Augustin repense à son court échange avec le lecteur mal luné du métro. Il sort son smartphone, il a juste besoin de vérifier le mot entre aperçu dans l'ouvrage du bougon du métro. Sa chère Wikipedia est là pour ça. Histoire de pouvoir partager sa mésaventure avec Jack en ayant le bon niveau de détails et de références culturelles ....

« *La Moïra c'est la part de vie, de bonheur, de malheur, de gloire, etc, assignée à chaque mortel par le Destin et à laquelle les dieux mêmes ne peuvent rien changer.* »

« *Oh là ! Tu mets la barre un peu haute mon Augustin, ne va pas nous gâcher la soirée avec Sabine et Arnaud avec tes salades métaphysiques ! D'ailleurs les voilà !* »

---

40 *Par la metteuse en scène est Maëlle Dequiedt ;* « *toute en fantaisie, burlesque, délire, anachronisme, humour et transgression* » *a averti la critique.*

« Promis, mais avoue qu'il y aurait matière avec notre égérie et son demi-frère maintenant réconciliés ! Ils ne pouvaient simplement pas échapper à leur destin, moi je te le dis ! »

Augustin prend un coup dans les reins - amical il va sans dire - en même temps que la 'fratrie' arrive. Quelques embrassades plus loin, le quatuor réuni se lance joyeusement sur le boulevard bondé. Ils n'ont pas fait cent mètres qu'Augustin pousse un cri,

« Oh ! Lâ-bas devant ! Regardez ! C'est sa silhouette ! La même djelabba maron à bandes blanches ... c'est Pondok ! »

Il ne laisse pas de temps à ses compagnons pour réagir et s'élance en courant vers l'homme qui s'avance à grands pas dans la foule. Il le rejoint et lui parle un court instant. Les deux hommes éclatent de rire avant que l'inconnu reprenne son chemin à grands pas.

Augustin attend ses compagnons qui le rejoignent rapidement. Il s'adresse à Jack,

« En fait, l'improbable - un homme en djelaba qui nous ramèneraient quarante cinq ans en arrière pour la seconde fois - ça ne marche pas à tous les coups. Il s'appelle Miloud et il est Tunisien. Privé de Moïra sans doute ... »

« Surtout que question djelabba, il y a de quoi faire dans le quartier non ? Eh ! Au fait, tu lui a dit quoi pour qu'il parte en riant comme ça ? »

« Oh trois fois rien, que c'était pour un film d'amateurs. Il fallait juste rire avec moi pendant une minute. Moyennant un petit billet ... »

La soirée se déroule à l'avenant. Arnaud continue à découvrir sa demi-sœur sous un nouveau jour lorsqu'elle se mêle avec brio aux conversations délirantes de Jack et Augustin. Une Sabine clairement réconciliée avec son passé. Au moment de se quitter, Jack s'adresse à Augustin. Le ton se veut solennel, c'est le Maestro qui parle.

« *On finalise le 'This land is your land' à la chorale. J'apporterai une copie du manuscrit original de Woody Guthrie[41]. Il était un tantinet bolchevique dans sa jeunesse le gaillard ! Et dire que la plupart des gens ne s'en rendait pas compte. J'espère que tu seras tu des nôtres dimanche prochain !*

« *Okie Dokie ! Comme on dit chez Woody en Oklahoma. Je devrais être rentré à temps. Je pars marcher quelques jours dans les Vosges avec Karl et Marx* »

...

Les amis se séparent. Augustin s'éloigne pensif. *Moïra* ou pas, cette balade grand-bretonne et normande fût plus qu'une simple quête musicale pour la petite bande de proches et d'amis. Aura-t'elle permis de renouer avec soi-même et les joies de la vie ?

De là à se remettre à la clarinette ?

« *Il y a une limite à tout !* »

L'autre expression *'le bout du monde'* lui paraît contradictoire avec cette affirmation. Qu'importe ! Il envoie un message court sur son téléphone pour annuler son cours de musique du jour. Relâche.

* * *

*

---

41 *À voir en page suivante : photographie aimablement autorisée, voire même encouragée lors de la visite du centre-musée dédié à Woody Guthrie à Tulsa, Oklahoma.*

God Blessed America
This Land ~~was made for~~ You & Me

This land is your land, this land is my land
From ~~the~~ California to the ~~Staten~~ New York Island,
From the Redwood Forest, to the Gulf stream waters,
  God blessed america for me.

As I went walking that ribbon of highway
And above me that endless skyway,
And below me the golden valley, I said:
  ~~God blessed america for me.~~

I roamed and rambled, and followed my footsteps
To the sparkling sands of her diamond deserts,
And all around me, a voice was sounding:
  ~~God blessed america for me~~

✓ was a big high wall there that tried to stop me
A sign was painted said: Private Property.
But on the back side it didn't say nothing —
  ~~God blessed america for me.~~

When the sun come shining, then I was strolling
In wheat fields waving, and dust clouds rolling;
The voice was chanting as the fog was lifting:
  ~~God blessed America for me.~~

One bright sunny morning in the shadow of the steeple
By the Relief Office I saw my people —
As they stood hungry, I stood there wondering if
  God blessed america for me.

          * all you can write is
            what you see.

                    Woody G.
                 N.Y., N.Y., N.Y.
                 Feb. 23, 1940
                 43rd st & 6th Ave.,
                 Hanover House

original copy
of this song

Improbablement vôtre

Musiques & Spectacles mentionnés
Bibliographie & Illustrations

The master musicians of Jajouka

https://www.jajouka.com/
https://www.youtube.com/watch?v=44ogXghLSdI

The Rolling Stones

Brian Jones presents The Pipes Of Pan At Joujouka – 1968

Hackney Diamonds – 2023

Stabat Mater

Stabat Mater, d'aprés Doménico Scarlatti, création collective 'La phenomena La Tempête' – 2023

Woody Guthrie and friends

Woody Guthrie Center in Tulsa, Oklahoma
https://woodyguthriecenter.org/

Photos

Couverture : Un brasero au Val d'Albian © *Moity*

Tiroir 1 : Paysage du Nord Marocain © *Lafont*

Tiroirs 2, 3 et p.111 : Tulsa, Oklahoma ©*Woody Guthrie Center*

Improbablement vôtre

Improbablement vôtre

Remerciements

Maura, Laura, Julien et Steven pour leur indéfectible soutien,

La joyeuse et inspirante bande des chanteurs de la Place des fêtes.

Xavier pour ses pertinentes suggestions techniques,

Et comme toujours la très chère

Improbablement vôtre

Improbablement vôtre

Des lieux & des gens

Improbablement vôtre

A   Augustin Triboulet
Jeune septuagénaire parisien, héros (malgré lui et alors très jeune) d'une bande dessinée. Il a (re)pris vie sur le tard, à l'occasion d'un premier petit écrit « Augustin qui n'était pas un saint et les autres ». Grand amateur de marches et d'enquêtes en tout genre, autant que de bonnes bières. Il aurait, selon certaines rumeurs, une lointaine parenté avec Nicolas Ferrial, dit Le Févrial, alias Triboulet, né en 1479 à Blois et bouffon de la cour de France. Rabelais le faisant intervenir dans le Tiers Livre où il répond à sa façon burlesque aux doutes de Panurge concernant le mariage... Que dire de plus sur cet individu ?
Sauf à encourager la lecture de ses petites aventures.

B   Jack Lewis
Musicien (Trompette, Cornet, Guitare ...), ami d'Augustin

C   Pondok
Membre de la confrérie des joueurs de l'instrument à vent appelé rhaïta

D   Sabine de Gargan
Amie de jeunesse d'Augustin.

E   Samir Rifi
Compagnon de Sabine

F   Arthur
Jeune fils d'Helena et Manfred

G   Manfred de Gargan
Fils de Sabine et Samir

H   Helena Lewis
Fille de Jack et Mary

I   Karl Maestrat
Ami et compagnon de marche d'Augustin. Retraité de la police de Berlin.

J   Mary
Ex compagne de Jack

K   Bridgit :
Membre soprano de la chorale « roof singers ». Ecossaise et Artiste fauchée.

L   Fiona :
Membre alto de la chorale « roof singers ». Irlandaise, enseignante en retraite

M   Arnaud Ngagar
Charcutier et fermier partageant sa résidence entre Paris et la Normandie

Du même auteur

Disponible en librairie

> *Tout se complique*
> *2023*
>
> *La bobèche à pampilles*
> 2021
>
> *Le dialogue des carnes élites*
> 2019
>
> *Bazar et Cécité*
> 2018
>
> *Soixante-dix-sept*
> 2015

D'autres écrits

> *Le dodo de Dadier*
> 2016-2023
> « *Théâtre de Dodo* » en collaboration avec Maura Murray
>
> *Charles Bantegnie 1914-1915*
> 2014
> Préface et traduction d'un carnet de guerre.
>
> *Toujours un pet plus loin*
> 2014-2017
> Les cinq premiers *pets* ou « *Petits Ecrits à Tiroirs* »
> *Augustin qui n'était pas un Saint - Le monde petit d'Augustin - Soixante-dix-sept (première édition) – Capilotades exquises - Ainsi parla Bacbuc.(première édition)*

Pour en savoir plus sur le cas Triboulet ...
> *https://elgrandedidiloco.jimdofree.com*